后浪

电影学院011

编剧：步步为营

[美] 温迪·简·汉森（Wendy Jane Henson）著 郝哲 柳青 译

（最新重订本）

北京联合出版公司
Beijing United Publishing Co.,Ltd.

目 录

Part 1 编剧:初级六步

引言:学会写剧本 ………………………………………… 2

第一章 格 式 5

1.1 你的初稿 ………………………………… 6
忘记烦恼,前程无忧 7
1.2 使用正确字体 ………………………………… 7
正文整洁准确 9
设置空白 9
避免事项 10
1.3 编剧软件 ………………………………………… 10
1.4 开始写作 ………………………………………… 11
行间距 11
你的标题页 12
写作第一页 12
场景标题 13
写作动作段落 14
设计场面 14
摄影机角度和剪辑说明 16
介绍人物 17
"致命"的问题 18
写作对话 18
避免事项 18

1

1.5 特殊情况 ·· 20
括　号　20
持续的争论　21
转　场　22
声　效　23
特　效　24

1.6 打破常规 ·· 25
被动语气　25
废话太多　26
形容词和副词　26
练习 ·· 26

第二章　人　物　27

2.1 干扰事件 ·· 28
2.2 可信度 ·· 30
2.3 为故事创造可信的人物 ······················ 30
2.4 神奇的"如果" ······································ 32
2.5 光荣属于希腊 ······································ 34
象棋游戏　35
寻找主角和对手　36
附加人物　38

2.6 插上一脚 ·· 39
环境与非人类角色　40
拦路石　43
练习 ·· 44

第三章　主　旨　45

3.1 准备一个主旨陈述 ······························ 46
你的主题　46
你的基本动作　47
目的句　48
需要避免的情况　50

3.2 严峻的考验 …………………………………… 51
3.3 好消息 …………………………………… 52
 主旨陈述的价值所在　52
3.4 主旨陈述的模板 …………………………………… 52
 寻找主题　53
 寻找基本动作　53
 寻找目的句　53
 保持句子简洁并避免运用细节　54
 练习 …………………………………… 55

第四章　动　作　57

4.1 理解戏剧性动作 …………………………………… 60
 行动和动作　62
4.2 设计戏剧性动作 …………………………………… 63
 将思想转换为行动　64
 最奏效的检验　66
 放松一下　66
4.3 讲出故事和演出故事 …………………………………… 67
4.4 令人沮丧的背景故事 …………………………………… 68
 练习 …………………………………… 72

第五章　结　构　75

5.1 剧本的长度 …………………………………… 77
5.2 转折点的探戈 …………………………………… 78
5.3 运用这些原则 …………………………………… 80
5.4 第二幕转折点 …………………………………… 81
5.5 戏剧性前提 …………………………………… 82
5.6 前提的价值所在 …………………………………… 84
 练习 …………………………………… 85

第六章　回顾前文和深入修改　87

  6.1 删减到只剩要点 …………………………………… 88
  6.2 远离那些官样文章 …………………………………… 89
   现实的检验　92
   练习 …………………………………………………… 93

Part 2　编剧：高级六步

 引言：为电影写剧本 …………………………………………… 96

第七章　第二幕　99

  7.1 从后往前 ……………………………………………… 100
  7.2 对动作点概念的回顾 ………………………………… 100
  7.3 动作力度 ……………………………………………… 101
   保持悬念　102
   专注于目标　103
  7.4 持续的节拍 …………………………………………… 104
  7.5 增加赌注 ……………………………………………… 106
  7.6 写作主导场面 ………………………………………… 106
   别管我！我正处于危机中！　111
   一些好建议　112
  7.7 第二幕转折点 ………………………………………… 112
   练习 …………………………………………………… 113

第八章　人物弧　115

  8.1 人物类型 ……………………………………………… 115
   写作人物小传　116
   人物的发展　118
  8.2 心存信念 ……………………………………………… 119
   设下埋伏　120
   更多有用的提醒　121
   把你的人物当作是真实存在的　121

加强你的逻辑性　121
　　超越观众的期待　122
　　超越人物套路　123
　　练习 ·· 123

第九章　次要情节　125

　　9.1 故事 A 和故事 B ····························· 126
　　次要情节的一些作用　126
　　次要情节是否属于另一个情节？　127
　　关键决定　128
　　次要情节的作用　128
　　9.2 严峻的考验 ································· 130
　　练习 ·· 130

第十章　潜文本　131

　　10.1 视觉象征 ···································· 132
　　10.2 动作潜文本 ································ 133
　　10.3 对话潜文本 ································ 134
　　10.4 信任你的观众 ······························ 136
　　练习 ·· 138

第十一章　第三幕　139

　　11.1 最后的欢呼 ································ 139
　　展示主角解决问题的过程　140
　　完善主题和人物关系　141
　　"回报"观众　141
　　11.2 结局的几项禁忌 ··························· 142
　　老套侦探的解决之道　142
　　病急乱投医　143
　　大团圆式的结局　143
　　11.3 大结局 ······································ 144
　　唯一的结局　144

轰动式结局 145
　　成功的秘诀 146
　11.4 老师的最后一句叮嘱 …………………………… 147
　　练习 …………………………………………………… 149

第十二章　生手上路　151

　12.1 专业素质 ………………………………………… 152
　12.2 写作的激情 ……………………………………… 153
　12.3 恰当的表述 ……………………………………… 154

剧本范例 ………………………………………………… 157
参考书目 ………………………………………………… 160
延伸阅读 ………………………………………………… 161
参考网站 ………………………………………………… 162
中英文片名对照表 ……………………………………… 163
出版后记 ………………………………………………… 166

Part 1
编剧:初级六步

《蓬门今始为君开》(*The Quiet Man*, 1952)

引言:学会写剧本

1933年,杰出的导演和表演指导理查德·波列拉夫斯基(Richard Boleslavsky),撰写了一部颇具真知灼见的小册子《表演:初级六课》(*Acting: The First Six Lessons*)。①三十年后,当我进行表演训练时,我将那本书视为珍宝。波列拉夫斯基曾将找他学习表演艺术的年轻女性称为"创造者",我同意他的说法。几年后,当我开始导演戏剧并教导年轻人时,我经常反复阅读波列拉夫斯基的书,回忆那些我满怀激情却不懂任何技巧的岁月。演员在舞台上要做的事,正是剧作家在书桌上所写的,因此许多波列拉夫斯基关于表演艺术的意见,同样也适用于剧本写作。

当我两岁的时候,我就开始为我的布娃娃编织故事;十一岁时,我试着读了一些小说(令我母亲大为吃惊);刚满十五岁,我就在全国性刊物上发表了我的故事。但我的梦想永远是写剧本。大学毕业后,不管怎么样,我继续坚持写剧本,并开始制作戏剧。表演、场景设计、美工、灯光、缝戏服、化妆……这些技巧都是我在公立学校学会的。我在学校体育馆,同时也在拥有一系列剧场设施的大剧院里制作和导演戏剧。无论何时,我总在写文章、写故事和写诗。但是戏剧永远引诱着我。(回顾过去,我觉得我仍未做好准备。)

当我最终开始时,我在剧场和写作方面的经历,使得我以为从叙事散文到剧本写作的转换会非常简单。但事实与之相反——这种转换复杂得让人难以置信。文学和戏剧是两种不同的艺术形式,它们各有其最基础的要求。我必须抛开一些关于散文写作的技巧,然后重新学习剧作基础,这样写

---

① 此书早在1948年就以《演技六讲》之名在中国出版,由郑君里译,生活书店出版。——编者注

出来的剧本才能行得通。

　　如同画家必须掌握色彩、舞蹈家需要舞蹈技巧一样，编剧需要学习剧作艺术，以便创作出有生命力的作品。为了达到这个目的，他们必须了解剧本写作的特殊需求，以及它所提出的挑战。

　　诗人和叙事体散文作家经常独自工作，致力于发掘写作艺术。不言而喻，他们写作的目的是为了发表。诗人和叙事体散文作家通常用印在纸上的文字去描述和解释人物、地点、事件。当诗歌或者故事被付诸印刷，写作者的任务就完成了。但是，谈到剧本，情况就完全不一样了。

　　编剧是讲究合作的艺术，一个编剧最重要的目的是将剧本呈现在舞台上。小说家和诗人可以进行个人化的自由写作，而我们却需要创造动作以供其他人表演。演员的加入，使得写作者面前敞开了一片新天地。我们必须发展出多种思考、观察和感受的新方式。对于我们而言，最重要的一点是要深入演员的灵魂。

　　谈到演员的工具，最重要的是他的头脑，其次才是他的身体。哲学家笛卡儿曾经说过"先想后做"，但是我们并不是坐在那里，刻意想象自己的每次呼吸和每个动作。在大多数情况下，这些过程都是在潜意识里发生的，但是有些精神活动会在形体活动发生之前进行。打个比方，在大脑灰质的某个褶皱处，我们在行动之前作出了站起来并穿过房间的决定。很简单？是的，当身体毫无反应时，那些丧失活动能力的人们就会体会到这个简单过程的重要性。

　　无论我们为银幕还是为舞台写作，光是印在纸上的文字远远不够。实际上，一个剧本是，而且必须是导向制作的"蓝图"。观众显然不会去理会电影剧本，更不要说去阅读它。他们所知道的，只是从演员那里得到的所见所闻。因为演员在三个维度里工作，所以编剧必须"在三个维度里构思和写作"。我们的作品必须赋予演员以行动和表达能力，我们的台词必须是"可言说"的，我们创造的行动必须是可以"做"的。一切的一切，都必须在观众面前呈现出来，并具有某种合理性。以此为目的，编剧需要具备关于戏剧和文学的双重知识；电影编剧更需要另一种艺术形式——电影的知识。这些，都需要我们学习。

在"初级六步"里，我们以戏剧文化最基本的元素作为学习的起点。这些元素并不新鲜，亚里士多德在《诗学》里第一次明确地阐述了它们，几个世纪以来，它们一直在发展并不断被精练化。它们是帮助你理解戏剧本质的最基本的概念，同时也能帮助你写作剧本；它们是你的工具，如同木匠手中的锯子、钻子或者锤子。

你可以在尝试、过失、痛苦和沮丧中学习戏剧基础知识，但是这是一条漫长而艰难的道路。我想给你提供一些明智、简洁和便于利用的知识，这样可以让你立即投入写作，并迅速成长。那么，我的方法是写作剧本的唯一途径吗？当然不是，学习剧本写作，存在着无数种途径，其中的某些途径甚至是截然相反的。在找到可行方法之前，我对它们中的大部分进行了研究。但是，我一直心存疑惑，编剧为何要花费几个月甚至几年的时间，在知识的海洋里曲折前进，艰难地摸索出可行的方法呢？

因此，我翻检了现有的资料，采访了其他老师，并且研究了行业内最优秀的剧本。在我十二年的摸索经历中，我见过许多制片人、导演、经纪人，他们都教给我许多关于写作和操作方面的知识。从一些已经取得共识的观点中，我选取了最基本的元素，将它们以初学者能够掌握的顺序和风格加以呈现，希望能对他们有所助益。以下人员为本书提供了有益的建议：史蒂文·彼得雷克(俄勒冈中央传播学院)，伊顿·F·丘吉尔(宾夕法尼亚州立大学哈里斯堡分校)，特里·麦卡蒂尔(佛里森学院)，以及巴里·拉塞尔(棕榈滩传播学院)。我们的目的，是帮助你写出既具技术规范性又有创造性的剧本。

一些人对"教你如何……"这类的书籍和学习课程嗤之以鼻，他们说学习剧作元素将扼杀创造性，因而会导致艺术内涵浅薄。但是，这又是为何呢？每种艺术都有它的技术要求。比如绘画，人们出于保护目的必须将新油画装进画框，展开并把它弄平整，这些过程会扼杀他们的创造性，因而创作出浅薄的绘画作品吗？不会。建筑有它的基础技术，但是这会给我们带来浅薄的建筑吗？不会。人类拥有骨架和脊椎，这会使得我们成为浅薄的人吗？当然不会。

如果你渴望拥有自己的作品，那么学习剧作基础知识会为你的创造性工作做好准备，同时提供给你一个基础——脊梁，然后你就能往上添加更多的层次——肌肉和血液，这些才能使得你的剧本与众不同。

Chapter 1
格　式
FORMAT

剧本必须以正确格式打印出来，在这个行业里，没有人会接受格式不正确的剧本。

在过去的一个世纪里，随着用于电影化叙事的视觉语言的发展，剧本格式也随之发生了演变。任何电影工业中的专业人员，都必须熟知剧本格式。①虽然具体的剧本格式之间存在细微的差别，可是如果你提交的剧本格式完全错误，便会让人误以为你是业余编剧，因此对你的剧本不屑一顾。总而言之，你需要采用正确的格式，而格式错误也正是大多数编剧初学者常犯的错误，这种错误也许还会导致严重的后果。

许多经纪人和制片人都没有时间来亲自对一个剧本作初步的评估，实际上，他们可能不会读你的剧本，即便你的剧本有被引荐的可能。相反，他们会雇专人来读剧本、写评估报告（在好莱坞行话中，这叫做"coverage"）。这些人每读一个剧本，都会获得相应的报酬，以便将不符合行业标准的剧本排除掉。不遵循正确格式的编剧等于是自动弃权。因此，许多读剧本的人起初仅仅扫视你剧本的前几页，如果你的格式正确，他们才开始读内容；如

---

① 英文剧本的格式和中文剧本的格式很不一样。中文剧本目前尚未有如此统一的格式。这里姑且忠实于原文译出，仅供参考，不作实际指导用。——译者注

果你的格式满是漏洞,他们就会放弃阅读,并将你的剧本扔到一边,任随它渐渐被人遗忘在垃圾堆中。

提示! 不要给别人任何一个不读你剧本的理由。

为什么这么在乎格式?

经纪人会将剧本送给制片人,制片人会将剧本送给投资人、电影公司和电视台,经纪人或者制片人也许还会将剧本送给一级明星。如果一个剧本连格式都不正确并且装订粗糙、错字连篇,看起来就会让人觉得很不专业。经纪人或者制片人就会羞于将它拿给任何人看,或者为节省时间,避免麻烦和尴尬,而干脆略过这样的剧本。

为什么格式最重要?

《编剧圣经》(The Screenwriter's Bible)的作者大卫·特罗蒂尔(David Trottier)曾经说过:"格式不仅仅是一堆简单规则。假设写作一首抑扬五步格的诗歌,虽然我们迫不得已才会去学习抑扬五步格,但格式已经与这首诗歌融为一体。如果一个初学者将格式仅仅看作是一些关于空格和标点的规则,是他为展现故事而必须忍受的繁琐规定,那么他便误解了格式的真正意义。他没有意识到,格式本身便是故事的一部分。"

还有人曾经将格式比喻为盛放思想的容器,就像插满玫瑰花的水晶花瓶,格式使你的思想显现出来,从而使你的故事更出色。

1.1 你的初稿

虽然著名编剧仅仅以一个故事梗概或者方案便能有机会获得剧本合约,但新手千万不要作此指望。有叙事性散文或小说的写作经验,并不能证明你就能写出一个剧本来。电影工业中需要的是完整的、有商业价值的剧本(spec script)[①]。

初稿应该符合电影工业设立的标准。千万不要在网络上搜到一部影片

[①] spec script,指商业剧本。"spec"是"speculation"的简写,指你的剧本存在潜在的商业价值,能够被卖出去。

的最终脚本、导演台本或者拍摄脚本后，便去模仿它们的格式。这些剧本在格式细节方面有很多地方不符合初稿的标准。（请记住：在制片人要求修改之前，你的剧本在行业中一直被称为"初稿"。同时，因为一个剧本可能经过很多年的反复修改以后才被人发掘，而"崭新"和"原创"是好莱坞所推崇的概念，所以千万不要告诉别人你的剧本修改了多少遍。）

忘记烦恼，前程无忧

剧本的标准格式可能会使你徒增许多麻烦，但是它并不是新手们想象中的恶魔。好在规则越多，麻烦越少——优秀的格式是整洁、清楚和简单的。如果你在电脑上写作，你从一开始就必须了解文件的处理程序，这样才能正确处理你的文稿。如果用打字机，你必须经常进行定位，并将对话限制在 3.25 英寸宽的范围内。

在本书的附录里有一个版式设计模板，它将告诉你当下电影工业对空白和跳格的要求。同时，还有一些剧本范例，它们可以给你一些指导。

一旦开始设定空白和跳格，每一页就都必须以剧本格式写成，注意行间空白和跳格必须正确。将你的打印文稿与附录中的模板和剧本范例作比较，如果你的剧本符合格式，或至少与其有些相似，那么你就有了一个好的开端。如果不是，作些调整便可。

不要感到困扰。遵循剧本格式的最高宗旨是为了有一个整洁、清楚、看上去显得很专业的文稿。如果只是稍稍有些偏差，比如某些距离差了 1/8 英寸，这并不会使你的剧本卖不出去。但是如果你的动作段落是双倍行距，而且你的对话栏有 5 英寸宽，那也许就会有些问题了。

1.2 使用正确字体

Courier 体[①]是行业标准字体。但是如果用老式电脑打印机或者打字机，

[①] 英语中的 Courier 体相当于汉字中的宋体，但是中文的剧本写作中没有如此严格的字体要求，此段仅供参考。——译者注

用 Courier10 CPI 也可；如果你有一台新电脑打印机和 windows 系统，Courier New12 就可以。你还可以从互联网上下载一些新字体，比如说 Dank Courier。应选用怎样的字体，完全取决于当时的情况。

提示！ 使用 Courier 字体，并且不要随便改变字号。

千万不要使字号成为你的困扰。在早期的电脑打印机中，人们用宽度来衡量字体，字号意味着每英寸所包含的字母，简称 CPI（characters per inch，字号越大，每英寸所包含的字母就越少）。而现在，实际的印刷字体是由高度和点测决定的。

Courier New 12 是指字母有 12 个点那么高，但是 Courier New 12 每英寸只有 10 个字母，因此，Courier New12 等于 Courier 10 CPI。Dark Courier 12 和 True Type Courier 12 也是以同样的方式来计算的，如果有疑问，可以用尺子来测量以下的例子：

正确：This is Courier 10 CPI.

错误：This is Courier 12 CPI.（太小）

正确：This is Courier New 12.（10 CPI）

错误：This is Courier New 10.（太小）

读到这儿，也许你会感到奇怪，为什么电影工业如此挑剔？在可修改打字设备和电脑打印设备出现以前，可选择的字号太少，因而它还不成为问题。最常见的字体就是 Courier 10 CPI，因为制片人发现以 Courier 10 CPI 打印的一页剧本内容，正好相当于银幕上 1 分钟的剧情，一个 120 页的剧本包含的一页剧情容量差不多就可以满足电影工业中理想的 2 小时影片所需。这个常识同样可以帮助阅读者来计算戏剧元素的时间安排，比如说**情节点**（plot points）。现在，我们当然有各种字体可以选择，但是我们不能在文稿的高度和宽度上作太多变化。因为，当字号不同，一页纸上所能容纳的内容多少也将不同。

正确：This is Courier New 12.（10 CPI）

错误：This is Times New Roman 12.（15 CPI）

错误：**This is Verdana 12.（13 CPI）**

明白我的意思了吧？所有字体的字号都不是同一标准的。没有 Courier 10 CPI 作为标准要求，一个 120 页的剧本的剧情可能会长于或短于 2 小时，而剧本结构就很难把握了。这就是为什么行业会要求使用 Courier 10 CPI。实际上，有一次一个制片人告诉我："很多情况下我都会妥协，但是谈到字体问题，我一定坚持到底。"

正文整洁准确

用崭新、干净的白纸。至少用 A4 规格的纸。可擦写纸会被弄脏，所以不要用它，同样也不要用皱纹纸或者有色纸。如果你的打印机有自动传输带，那么采用那些打印后边缘仍清晰整洁的纸张。

用同一台电脑打印机，并且在开始打印时就用全新的墨盒，这样文稿墨迹就不会在打印过程中突然变淡。但有一些打印机会使 Courier New 12 的字迹显得很浅，以至于你的正文难以阅读。一些软件可以使得 Courier New 的字体墨色变深，但是如果你的设备不能实现这个功能，可以将正文字体加深。当然，加深字体会扩宽行距，如果在剧本完成后，选择某些段落来加深字体，那么你必须检查全文，有时可能要重新设置格式。所以，如果用黑体，最好从头到尾都用。

如果使用打字机，一定要保证各部件运转正常，而且要有一条崭新的打印带。碳的打印效果比尼龙的更干净，更清晰。

设置空白

制片人对空白要求之严格，不亚于对字体的要求。标准空白使得一定页数的剧本内容正好配合标准的银幕时间。当剧本显得太长或太短时，有些编剧新手觉得改变空白能成功愚弄阅读者，但是阅读者的眼睛训练有素，而且用一把尺子就能很快测出空白是否正确。（要想人不知，除非己莫为。）

左空白：最小 1.5 英寸，最大 2 英寸。

右空白：最小 1 英寸，不能再小。同样，不要左右空白留得一样多，将右边边缘留出足够空间。（这样会使得你的剧本更方便阅读。）

上端空白：1 英寸。

下端空白：在 1.5 英寸与 0.5 英寸之间。可以以对话和动作片段的划分为基础作调整。一旦选定空白英寸数值，千万要尽量保持一致。不要少于 0.5 英寸。

避免事项

以下情况会导致你的剧本难以阅读或者一部电影难以策划，电影工业不会允许商业剧本中出现这些元素。因此，不要使用它们。

- 场号

标场号是导演的任务，如何标场号取决于他想怎么拍这部影片。如果一个编剧标上场号，导演就得将它们划掉并重新标号，这会浪费他的时间和精力。（如果你发现有名的编剧在剧本里标上了场号，千万不要在意——也许它不是商业剧本，或者它是老式剧本，或者编剧本身就是导演。）

- 在每页开头和结尾处写上"未完待续"

很久以前，当电脑开始成为编剧的写作工具时，打印程序很难将"未完待续"放在合适的位置上。原来的老规矩成了现在的难题，既然电影工业中难题已经够多的了，这个细节就被摒弃不用了。现在编剧软件可以处理这个工作。但是同样的情况，制片人想要看到简短的剧本，"未完待续"在一个商业剧本中也没有任何作用，除了占地方它一无是处，所以我们最终还得删掉它。

1.3 编剧软件

剧本格式是最基本、最能体现专业性的技能，也是编剧的必备技能。对你而言，它必须成为一种简单的本能，如同呼吸空气一般。你必须学会设置一页稿纸的格式，能毫不犹豫地开始动笔写作。即便有特殊编剧软件可以帮你完成这项工作，你也不能视其为当然地依赖它。

并且，电脑软件能发挥多大作用，完全取决于它的使用者。电脑编剧软件一开始只是为专业编剧设计的，因此它的某些功能只为专业编剧所需，却是一般初学者必须避免的。一旦使用,它很可能会导致重大失误。

在我布置的首次课堂作业中,我的学生练习用剧本格式写了几页。当然,我必须打回用电脑软件写成的作业。这些作业里有场号、页首和页尾的"未完待续",而且在每个场景的结尾处都有诸如"切入"等这样的转场方式,这些都是电脑软件自动设定的。当我的学生们不太确定商业剧本的格式到底应该包含哪些要素时,他们就想当然地以为电脑软件肯定是对的。不过也许,他们根本就不知道如何删掉这些不必要的元素。

话说回来,电脑编剧软件实在很昂贵。很多初学者也许只是在试探,当了解到行业现状时,有很多人可能会放弃编剧事业。为何在你尚未决定到底要不要成为一个专业编剧前,就把大把的银子花在软件上呢?即便那些决心已定的人,其中也只有一部分能将剧本卖出去。所以一旦对电脑软件进行无法挽回的投资,学生们很可能在未来几年都赚不回本钱。

实际上,任何编剧初学者都不需要为软件掏钱。掌握了电脑基本操作技巧的人,都能在因特网上找到绝对免费,而且相当管用的模板。比如,你可以在 http://www.sereen2screen.com 上下载 Screenstyler,一个微软 word 软件可兼容的模板,我已经使用好几年了。使用 Screenstyler 时,应该记住它只是一个模板,将它以模板形式保存在微软办公软件系统里(使用文件扩展名),以模板格式打开。无论何时,只要你关闭剧本文档,都应当以模板格式保存,不然你就会损失巨大。

1.4 开始写作

行间距

采用正确的行间距十分重要:

单倍行距 = 行与行间没有回车空白。

双倍行距 = 行与行间有一个回车空白。

三倍行距 = 行与行间有两个回车空白。

处理动作段落与对话段落等剧本元素时,一定要严格遵守行间距的要求。记得将自己的剧本与本书附录中的样本进行比较,如果你的剧本看起来跟样本很不一样,那就必须动手修改了。

你的标题页

标题页是用来标记你的名字和剧本名字的,所以它必须显得正确而整洁。同样,我们可以参照附录中的样本。标题用大号字体,下划线居中,位置大概在页面上缘往下 3 英寸处。在标题右下角,用单倍行距写下你自己的名字、住址、城市、省份、邮政编码和电话号码。用一个简单的印版格式,于此页右边和下方边缘留下 1 英寸空白。

其他页面上就不必写上你的名字了,美国作家协会注册编号和其他版权信息也不必出现。(到处都刻意强调版权,这只会显示出你很业余。)

写作第一页

参看附录的样本,不要将你的名字放在第一页上。

你的剧名:

我们的老传统是将剧名放在第一页,但是现在流行将其略去。其实两种选择都可以。如果你用老式方法,大约在页面上缘往下 1 英寸处打上剧名,左右居中,用大写,加上下划线。

页码:

从第二页开始,在右上角打上页码,字体与正文的保持一致。页码非常重要,所以千万不要忽视这个程序。

开始写作:

紧接着剧名,双倍行距下,在左边空白处,以大写字体打上:"淡入:"。

注意使用冒号,在你的剧本结束处,打上:"淡出"。

注意这里没有使用冒号。

使用"**淡入**(fade in)"和"**淡出**(fade out)"是编剧的另一个老传统。现在,一些行业人士说这些都是多余的(好莱坞痛恨一切多余的东西)。即便你删掉这些词,也没有人会在意。但是如果你使用它们,请确保使用正确。"淡入"和"淡出"只出现一次:分别在剧本最开始和剧本完全结束的地方。不要在其他地方使用它们,如果你使用了"淡入",那么双倍行距后,就可以开始写作剧本的第一场了。

场景标题

在左边空白处,你就可以直接打上场景标题了。场景标题,也被称为嵌入条,其实是一个场景的简介。它必须短而精练,而且用大写字体打出。场景标题以场景的大致地点为开始——"内",意为室内场景,或者是"外",意为室外场景。然后在标题中再写上具体地点,比如:客厅、街道,或者超市等。最后标题会显示出你的场景发生的时间——日景或夜景。

> 外　迪斯尼游乐园——日
> 内　飞机场——夜

注意以上格式,特别是它的空格和标点,这个基本格式应当保持不变,而且它的空格和标点也不应有变化。

提示! 正确使用这些专业词汇,尽量避免冗杂。

比如:内,意指内景;外,意指外景,如果你这样写:

> 外　宫殿外面
> 内　村庄里

如果你是个专业的剧本审读人,当你看到这样的场景标题时,你会对作者有什么看法呢?当然,正确的写法是这样的:

> 外　宫殿
> 内　村庄

尽量保持场景标题的简洁明晰,不要用一些细节来破坏它。比如:

> 外　苏居住的公寓旁边的一条交通拥挤的街道上——1992年5月5日上午10点

将这些细节写在标题后面即将开始的动作段落内：

  外 街道——日
    1992年5月5日，清晨，一条忙碌的街道，一栋公寓建筑。

写作动作段落

  有时候，**动作段落**(action paragraph)被称作"描写"或者"叙事"。我之所以选择"动作段落"这个词，是因为我想让我的学生们避免采用描写或叙事。（事实上，亚里士多德曾说过戏剧必须是"以动作的形式，而不是叙述"来呈现。）

  编剧用动作段落来提供一些精练、清晰而且简洁的陈述，这些故事元素无法在对话中体现，却又必须让观众看到。实际上，在剧本里，一个动作段落必须短小精练得像一个列表，而不是描述。动作段落内采用单倍行距，而段落之间用双倍行距。在段落内容中，必须表现场景中的"假定情境"。例如：

- 背景（一个繁华的商业城，一个安静的公园）。
- 能够影响人物行动的环境因素（时间、季节、天气）。
- 能提供有关人物和故事的潜在线索的物理环境细节（相框等特殊道具，一打玫瑰，一服巫药）。

  除此之外，动作段落还应包括你的人物舞台说明，比如一些可以显示人物性格和情感的细节动作：

  内 起居室——日
    芭芭拉手持一罐水，沿树丛行走，低吟着进行祭神仪式。

设计场面

  首先应该展现你的故事环境的细节，但是如何展现它们，却并没有成规。以时间、季节或者天气开始，能够很快传达出你所要寻找的气氛，随后而来的，便是地点及其重要物理特征。

> 外　游行场地——日
> 　　清晨,天很蓝,阳光强烈,热浪在草地上升腾。场地边的露天看台上,红白蓝星条旗飘扬。

提示! 编剧的描写只需揭示事物的本质。在上面的动作段落中,你得到了足够的信息可以了解到这是一个大热天的清晨,而且即将有一场军事庆典。如此简练的描写才能体现出行业水准,并且深得制片人喜爱。是的,剧本会被不同人阅读,但是千万不要因此而犯糊涂。制片人会给阅读者一些特殊的指示,对任何一个电影制作者而言,这些指示都会符合戏剧规律。阅读者寻找的是那些同戏剧一样,能够在银幕上起作用的故事,而不是要寻找短故事或者小说。

当然,你想鼓励人们将你的剧本读下去,但是如果你用"金星在地平线上闪动"来形容日落场景,那你实在是弄巧成拙。电影从业人员讨厌这种东西,而且如果他们说"你的剧本读起来像小说",这实际上是含蓄的批评。一些业内阅读者甚至说他们通常直接跳过动作段落,只读对话。有一次,我听到一个导演抱怨:"我不需要这些单倍行距的废话,只需要告诉我在什么地方拍摄、都有些谁、他们在做什么。"

或许,你会问,没有了描述,一个编剧如何传达情绪、意义和人物的行动?关键在于以下几个方面:

- 将场景视觉化(如同在脑海里重现)。
- 决定好你想要观众看到什么样的环境和行为。
- 写下可以传达意义的视觉形象,而不是解释。
- 只写下摄影机能拍下的细节和演员能表演的动作。

在我们的"游行场地"这个场景中,细节都很简洁,但是摄影机能够拍下它们。不用解释或者描述,视觉形象就能引起有意义的联想。比如,清晨的光线和中午或晚上的光线不同,虽然场景在早上,但我们能看到草地上升腾的热浪,这些细节显示季节是在夏天;游行场地的背景暗示一场军事庆典即将举行；三色星条旗暗示是在美国。在美国，什么全国性夏季假日有军事庆典呢？纪念日？7月4日？在这种背景下出场的人物，我们预期他们会做什么呢？现在，为了继续我们的讨论，让我们重写这个场景。

外　游行场地——日
　　清晨，天灰蒙蒙的，草地上覆盖着新雪。场地边的露天看台上，红白蓝星条旗飘扬。

只有一个元素改变了——气候，夏天变成了冬天。第一个场景暗示时间是在独立日，我们脑海中会浮现游行庆典和野餐的情景；而第二个场景暗示是在灰色11月的老兵节，这给故事渲染上了寒冷的视觉气氛。按常理推论，观众会觉得人物在7月4日的行为，会与老兵节中的人物的行为有极大的不同。只要换一个形象，我们就能改变整个故事。

摄影机角度和剪辑说明

交代镜头（establishing shot）、**CU**（特写镜头，close up shot）、**POV**（主观镜头，point of view shot）、**转场**（cut to）和**叠化**（dissolve）等术语，并不是严格限定的禁忌，但是新手们最好还是避免使用它们，将如何拍摄和剪辑电影的决定权留给导演吧。

同样，也要避免使用这样的语句，如："摄影机找到并跟随着……"实际上，永远不要提及摄影机。我强烈建议你去掉"我们能看到……"或者"我们听到……"这样的说法，用"我们"来提示剪辑安排已经过时多年了。虽然这样使用并不会造成致命的伤害，但是它们会使你的作品看起来很陈旧。这就是写作电影剧本时一点点可怜的心理战术。

如果你看到了有摄影机角度和剪辑说明的完成台本，就当没看到好了。既然电影工业都要求我们不要在商业剧本里出现这些元素，我们为什么还要花费时间在这些必须避免的事情上呢？一个优秀编剧的品质就在于不必使用"镜头"的词汇便能在文本中用暗示的手法掌控镜头角度和剪辑。

> 外　游行场地(暗示广角镜头)
> 　　星条旗在看台上飘扬。(暗示中景)
> 　　**达伦**走向麦克风。(可能是特写)

在这种转变中,每个场景的结尾自然意味着"切",除非编剧另有安排。所以在每个场景结尾都写上"切",就像在每页页首和页尾用"未完待续"一样没有必要,冗杂而且空洞无物。

■**提示！** 当你提交一个剧本时,你就好像是在应聘一个职位,你的剧本就是你的求职书,而制片人便是你将来的雇主。他们需要你的作品符合他们对商业剧本的要求,他们想要你把那些技术行话从剧本中清除,所以最聪明的办法就是迎合他们的要求。制片人不在乎你的场景是否以"**动态剪辑**(smash cut)"结尾,但是他们确实在乎你的剧本是否能成为银幕上的一场戏。

介绍人物

在动作段落中,当你第一次介绍出场人物时,用黑体①标出他的名字。然后,用正文字体。比如:

> 外　游行场地——日
> 　　清晨,天很蓝,阳光强烈,热浪在草地上升腾。场地边的露天看台上,红白蓝星条旗飘扬。
> 　　**达伦**,穿着制服,在指挥台出现。他敲敲话筒,看它是否开着。

第一项工作,赋予人物一个合适的名字。"一个女人劝说一个男人不要自杀",这样太空洞。"简劝说艾德不要跳楼"这样的表达就会赋予人物以生命,人物越显得真实,越能帮助你设计他们的动作。另一方面,你可以用属性称谓来介绍配角或背景人物,比如"两个警官","一个侍者"或者"一群人"。它们也都必须用黑体标出,同样,紧接着转成用正文字体:

---

① 原著中用英文大写来标出人物的名字,本书相应地用黑体标出人名。——译者注

外　游行场地—日
　　人们开始入座。一些人拿着旗帜。一队**衣着鲜艳的守卫**雄赳赳气昂昂地走进场地,守卫的旗帜还未展开。

"致命"的问题

　　一个学生曾经问道:"我是否该将一具尸体视为某个人物呢?"我的回答是:"只要它开口说话。"有时候,在你介绍人物时,你必须弄清楚它们是否是"人物"。在戏剧中,人物参与戏剧动作。如果你剧本中的尸体开始像其他人一样说台词和有行动时,你可以视他为"人物",给他取一个名字,在动作段落中用黑体介绍他。如果你的尸体只是伸开四肢,僵硬地躺在地上,它就属于设定情景,成为背景的一部分,如同道具一般。

写作对话

　　在距页面左缘 3 英寸处开始写作对话,并将它限制在一个大约 3.25 英寸宽的方框内(不要超过这个范围)。从左边的空白处起的右边边缘,再留出 2.7 英寸的空白,或者从对话框的左边边缘起,留出 12 个空格来,然后用黑体标示正在说话的人物名。每个人物名及其对话间留出单倍行距。示范如下:

主持人
下午好,女士们先生们,奏国歌,请起立。

避免事项

　　同空格一样,对话栏的宽度也会影响你的剧本的长度。太宽或太窄的对话栏,都会影响剧本的容量,进而使剧本结构受到影响。
　　同样,将一段对话在页与页之间断开,也会给人造成不好的印象,如果格式又不正确,后果会更为严重。比如:

> **玛西娅**
> 今天真难挨。我要休息一下,开始崭新的明天。
> 断页:————————————————
> 这场闹剧,太让我难受了。真不知道我能不能撑得过去。

看到了吗?台词在一页结束处戛然而止,又在另一页重新开始,而且这页没有任何线索暗示说话人的身份。不要用这种方式将对话断开!说明白点,就是万万不能断开同一段对话。

电影中的对话应该简洁。如果你的人物台词从一页一直延伸到另一页,你可能犯了"哈姆雷特综合征":写了很多的独白,你的人物总是"很大声"地思虑着,背诵出种种思绪、感觉和事实,这样的台词太损伤动作了。如果你的谈话经常长达五六行,你就应该思考一下了。

你可以采取重写的办法避免让谈话在页与页之间断裂。比如你可以加一些东西来打断谈话:

> **玛西娅**
> 今天真难挨。我要休息一下,重新开始崭新的明天。
>
> 她走向吧台,倒了杯白兰地。
> 断页:————————————————
> **玛西娅**
> 这场闹剧,太让我难受了。真不知道我能不能撑得过去。

另一种方法是让第二个人物打断第一个人物的谈话,哪怕第二个人物只说一两个词。

> **玛西娅**
> 今天真难挨。我要休息一下,重新开始崭新的明天。
> **约翰**
> 好极了。
> 断页:————————————————

> **玛西娅**
> 这场闹剧,太让我难受了。真不知道我能不能撑得过去。

提示！ 当重新开始一场被打断的谈话时,一些剧本将"接上页"(continued 或 con't)加在说话人物的名字旁边。这又是一个你不需要遵循的惯例。只用将重新开始的谈话视为另一句台词便可,如同上面的例子那样处理。

大多数情况下,这样的小策略可以起到作用。但是,有些台词无法调整。如果你真的不能避免谈话被打断,可以采取这种方式:

> **玛西娅**
> 今天真难挨。我要休息一下,重新开始崭新的明天。
> （另见下页）
>
> 断页:————————————
>
> **玛西娅**(接上页)
> 新的明天。这场闹剧,太让我难受了。真不知道我
> 能不能撑得过去。

如果谈话断开,至少要保证每页都有两句以上的台词,不能让每页只留下孤零零的一句。一些剧作者用完整的"continued",但其实用"con't"就可以了。而且,有些编剧软件会自动加入"另见下页"和"接上页",所以一定要加倍注意。对于断裂对话的偏见是如此严重,最好还是修改一下软件的这种功能设定吧。

1.5 特殊情况

括 号

说话人物的"舞台说明"是在括号里的一两个词,在人物名与台词之间用单倍行距显示(不要在括号里使用三个以上的词汇)。它们被用来提示一些在上下文中并不显著的行为动作。从左边空白的右边边缘再往右 2.2 英

寸处，或者说对话框左边边缘往右 6 个空格处开始写括号内容，并将它们限制在 1.5 英寸方框内。

> **主持人**
> （唱）
> 哦，如果你能看到……

持续的争论

　　许多其他电影专业的人士将剧本中括号里的内容，比如标明摄影机角度等，视为一种侵犯。他们说："应该把动作留给演员，把导演的工作留给导演干"。更有甚者，他们宣称："一个写得好的剧本，不需要任何括号。"举例说明：

> **示威者**
> （笑）
> 让焦尼·罗杰垮台！让魔鬼船腐烂！

　　我们一般会认为示威者一定很生气，但是我的括号内容却说明他们在笑，所以我会争辩说我的舞台说明赋予了场景一种超出预期的解释。 但是很多电影从业人员对这种简单用法提出质疑，他们会指出：我可以用"大笑的示威者"这样的方式介绍人物出场，这样我就能删掉括号内容了。

　　当然，他们是对的，我们确实很少需要括号。实际上，对于编剧新手而言，括号既是支撑又是瘟疫。为什么？因为新手都很缺乏安全感，他们抑制不住要去把所有事情解释清楚，以为使用括号就能使阅读者领会整个故事的意思。久而久之，不幸的事情发生了：几乎每段台词前面，都紧紧黏着一个括号。

　　千万！千万不要这样！当你使用括号时，你就在纸上履行导演的职责。一个剧本的成功在于呈现出有强烈视觉效果的形象和戏剧性动作。如果你害怕人们会误解你写的场景，那就重写一次，重新安排你的视觉形象和动作，直到你的意思不用附加说明就能传达出来为止。当你实在需要括号内容时，将它们限制为动词，并尽量阐述行动。避免用形容词或者副词来描述行动，比如：

(微笑)而不是(欢乐的)或者(欢乐地)

(紧张)而不是(紧张的)或者(紧张地)

(愤怒)而不是(生气的)或者(生气地)

记住,你是在为专业的阐释艺术家们写作。如果你做好了你的工作,你的设定情境和对话语气会给导演和演员以恰当的线索提示。百分之九十九的情况下,他们不需要你的帮助,就能正确地将场景重现。

转　场

初学者经常会为应该何时以及怎样转场而感到困扰。这里有较好的指导方针:一个场景是指在某处发生的一个完整的戏剧动作,其时间一致,目的和人物也一致。下面的参数可能会启发你明白何时转场最合适:

地点或时间转变。(最为频繁)

增加或减少人物。(较频繁)

改变场景的戏剧目的。(有时如此)

渐渐地,你会对这些转变产生一种本能的反应。请记住,一个场景标题(嵌入条)标志着一处场景的转换。同样,台词之间的空白也非常重要,当你改变场景时,在你现有场景的最后一句台词与下一场景的标题之间,应该是双倍行距。

外　装船处——日
港口,停泊着一艘海盗船的复制品。大笑着的**示威者**举起警戒标志游行。

示威者
让焦尼·罗杰垮台! 让魔鬼船腐烂!

外　海滩——夜
日落染红了大西洋。微风吹拂海滩,**桑德拉**注视着她的儿子**提姆**,这个少年正爬上岩石海滩。

看明白了吗？当打出你现有场景的最后一行台词时，插上一行空白，然后再打出新的场景标题。你也许会看到在场景间使用三倍行距(两个回车空白)的剧本，据我所知，在场景间，两倍或三倍行距都是可行的。只是要小心，不要在其他情况下使用三倍行距。

声　效

当你的人物或者观众听到特殊的声响，你就需要写声效。声效只在动作段落内出现，而且永远应该加黑。仅仅用一两个词来提示"声音"，表明你所期望的声效只需要极小的视觉线索。(千万不要另起一栏，标明"特技效果"或"声效"。)

怎样区别什么是声效而什么又不是呢？一个原则便是去寻找声音的来源。你能发现有什么东西能引起声响吗？如果没有，那你应该写上声效。比如：

> 外　街角——夜
> 　　倾盆大雨，电闪**雷鸣**。电话亭。驶过一辆汽车。**电话铃**响。一只游荡的狗冲着电话亭吠叫。

你能看到倾盆大雨，所以你不需要加上声效。但是你不能看到雷声，所以，你必须写下"雷声"的声效。同样，你可也看到电话，但是你不能看到它的铃声，当电话铃响时，你需要加上声效。你能看到狗叫，所以当它叫的时候，不需要加上声效，而另一种情况：

> 外　街角——夜
> 　　倾盆大雨，电闪**雷鸣**。一个空的电话亭。一辆汽车驶过。**电话铃**响。远处传来**狗吠**。

这时，狗在银幕之外，你可以写上"狗吠"作为声效。

电话铃、门铃和收音机的声音都属于声效。因为就算在银幕上看到了电话或者门铃，你也不能"看"着它们弄出声音来。在电视机上，你看到图像就会对声音有所预期,并知道它们是从何而来,但是你不会"看"到一个收音机在播放音乐。

> 内　厨房——日
> 　　收音机播放着**轻音乐**,这时传来**"嘟"**的一声。
>
> 　　　　　　　　广播员(OS)
> 　　这是动力广播网的试播节目。

注意"广播员"的"(OS)",这是"OFF SCREEN"的缩写,意为声源在画外的台词。遗憾的是,有些初学者弄错了它的含义,并且在声效后加上"(OS)"。可别!这样纯属多余。只需在动作段落中用加黑表示你想要的声效。如果对话发生在银幕外,你才需要用"(OS)"。

同样,请正确使用"(VO)"。这是"VOICE OVER"的缩写,意味着观众能听到的叙述声道,但是银幕上的人物却听不到,也就是旁白。比如,在《私家侦探玛格侬》(*Magnum P.I.*)①中的汽车追逐场面,玛格侬轻声说:"我知道你在想什么。"

编剧用旁白来揭示事实。不幸的是,如同括号一样,旁白也被新手们当作救命稻草。我强烈建议你尽量避免使用旁白。但是如果你情不自禁,请在那些剧本里既不能被看到又不能被听到的材料上使用。正确使用"(VO)"的方式,仍是将它加在人物名后:

> 　　　　　　　　玛格侬(VO)
> 　　我知道你在想什么。

特　效

不必说明应该怎么达到特效。在好莱坞,能实现你设想的人数不胜数。只要简单地写下你想要观众看到什么。

---

① 1980—1989 年间播放的美国电视剧,由著名演员唐纳德(Donald P.Bellisario)主演,讲述夏威夷私人警探玛格侬探险的故事。——译者注

外　农庄——夜
　　一个巨大的银色飞碟盘桓在空地上空,吱吱作响。出口打开,一柱光芒倾泻而出。光线斑斓变化,绿色小人从中走出。

1.6 打破常规

有些常规的写作方式所包含的元素,并不需要在剧本中体现出来。在这里,我将列举一些。

被动语气

当看到有人使用这种可怕的动词形式时,我都会深为担心。比如:

　　乔被保罗带着。

被动语气会使写作变得平淡蹩脚,而在剧本中,它简直就是诅咒。你想要创造出可信的行动和自然的对话,可是被动语气听起来却很不自然,雕琢痕迹过重。它使得人们很难读懂动作描述,而且使得对话磕磕绊绊。更糟糕的是,它使得那些伺机等候着的剧本修订人有恰当的机会来羞辱你。想象你的无知正在唧唧喳喳地说:

　　　　　　　　无知
　　看!一支墨水半满的自来水笔被某人丢了。

主动!将你的主语放在它应该出现的地方——句子的开头:

　　保罗带着乔。

当"被"这个词出现在你的剧本中时,请检查你的语法结构。如果你无

意中撞上了被动语气,请重写一次:

无知
看!有人丢了支自来水笔!那笔管里只剩了一半墨水。

废话太多

写作不仅应该含义丰富,而且应该简洁实用。尽量缩短动作段落,将无法拍摄的细节去掉。比如:"她站在那儿,思考着。"摄影机无法显示一个人正在思考,思考是内心动作,感觉和记忆也是一样。内心动作只属于小说。在戏剧中,如果观众不能看到或者听到某个细节,那么这个细节就不存在。因此,你只能写演员能表演出的和摄影机能拍摄下来的行动。

形容词和副词

这些词汇可以形容或解释一个人物的行动。你当然想要显示你的人物在做什么,但描述和解释都是小说家的方式。你的方式是戏剧动作和视觉形象。坚决地将形容词和副词都删掉,这会迫使你去写人物在做什么,而不是解释他们在怎么做。少量描述性的词汇当然没问题,但是要尽可能少用。

1. 从你最喜欢的小说中,选出大约7—10页的内容(必须包括两个以上的人物和一些对话)。然后以你节选的小说为基础,准备一个合适的标题页,撰写大约3—5页标准格式的剧本。只要写出动作(谈话和行动),不要使用括号、画外音(OS)、旁白(VO)或者任何叙事性手段。(注意:你可以删掉原文的大多数内容。)

2. 看一部你喜欢的DVD或录像带格式的影片,然后写下最初5分钟的剧本内容。也就是,试着将你在银幕上看到的内容,转化为标准的剧本内容。

Chapter 2
人　物

CHARACTER

通常，当想到人物时，大多数人脑海里浮现的是那些演出剧本的人。但是，人物的含义远比这个复杂，我们需要考虑得更多。

早在2500年前，亚里士多德就总结并阐明了一种至今还在指导着我们的戏剧理论，他说我们只是在模仿**动作**（action）①，然后又说："模仿的对象是动作中的人。"（是的，这意味着人们处于动作之中。古希腊人都是极端的沙文主义者，不要让亚里士多德的阐释妨碍你的理解。）

所以也难怪，在20世纪早期，康坦斯丁·S·斯坦尼斯拉夫斯基（Konstantin S. Stanislavski），现代表演之父，将动作视同为人类的行为。确实，如果动作不是人类的行为，那演员们到底在模仿什么？如果剧作家写下对动作的模仿，但我们并没有创造人类行为，我们到底在创造什么？

某些事物，例如石头、树和天空，的确没有动作。除非一个演员变成的石头、刚冒出的新芽，或者变成蓝天，否则他不可能去模仿事物。是的，我们能模仿放牧的牛或者是抓挠土地的鸡，但是它们的动作很难在舞台或银幕

---

① 动作，意指戏剧动作，有人译为行为，但本书为将此词和具体的人物"行为"（behavior）区别开来，一律译为"动作"。英语中，"action"还意指战斗等狂暴的外部动作，不包括现代戏剧理论中的"内心戏剧动作"，故作者作此戏谑解释。——译者注

上形成伟大的时刻。

总而言之，人物就是人。无论戏是为何种媒介而写，它们都集中在人与人之间的冲突上——人类，而不是企鹅或者大篷货车。（请容许我假设，如果你模仿一只正在和大篷货车交战的企鹅，这个动作会变得极其简单。）

在你举出例如《小猪宝贝》(*Babe*, 1995)、《森林王子》(*The Jungle Book*, 1967)或者《玩具总动员》(*Toy Story*, 1995)这样的电影做反例前，请记住这些动物和玩具都带有人的性格特征，编剧们将它们当做人一样刻画，而且迪斯尼经常证明我们可以将所有的东西人格化。但是在戏剧中，一个人物所展现的行动必须是演员可以模仿的，而且演员也必须能完成全部行动。这两方面中的任何一方出了问题，你都不可能创造出人物来。你可以创造出别的什么东西，但决不能被称为人物。

对于亚里士多德而言，人物的完整概念和人的性格以及人们作出的或者避免的选择有关。无独有偶，斯坦尼斯拉夫斯基也鼓励我们去理解人们显现的行为背后的心理依据。假设你在写一个关于杂志内页模特的故事，她有 27 只猫，却没有一个男友，准确的人物刻画会显示为何她是杂志模特，以及为何她有 27 只猫却没有男友。

确实，"为什么"可能是对编剧而言最重要的问题。接下来，将有第二个问题："你的人物做这些事，是否符合他们的性格处境？或者只是因为你要他们这样做？"明白这两者的不同非常关键。千万不要因为你个人的乐趣，而让人物做他们不该做的事情。

2.1 干扰事件

在戏剧中，故事开场时，一个两难处境或者危机发生，扰乱了人物的生活，它导致问题发生，而角色们必须试图解决——在一些资料中将这称为**"突如其来的事件(precipitating incident)"**或**"激励事件(inciting incident)"**。目前有好几种描述它的词汇，这使得初学者颇为困扰。在《导演功课》(*On*

Directing Film)一书中,大卫·马梅(David Mamet)使用了"**干扰事件**(disordering event)"这个词,据我所知,目前没有任何与它冲突的定义存在,它是唯一的,清晰而且准确。

一般,干扰事件发生时,人物就会出现。比如,火山爆发,然后观众们会看到人物拼命求生。这个方式是正确的,特别是在制片人在第一页就需要"大爆炸"的动作电影里。

有时情况却正好相反,人物出现,然后干扰事件突然发生。比如,科学家察觉到了火山要爆发的迹象,于是发出通知警告当地居民。两者都可,干扰事件是你的动作"激发点",是你故事中的戏剧动作真正开始的地方。

在《戏剧导演:分析、交流和风格》(*Play Directing: Analysis*)一书中,弗朗西斯·霍奇(Francis Hodge)谈到了戏剧性动作:"无论何时,在戏剧中,当两个人相遇时,如同在现实生活中一样,他们开始对彼此'行动',而这就是我们通过时间框架能看到的情景。"换言之,戏剧动作是人们"对彼此的'行动'"。当你的干扰事件打乱了人物的生活时,它激发人们,并给他们理由开始对彼此发起"行动"。解决这场戏剧中的问题会使得干扰结束,并且恢复秩序。干扰事件赋予你的人物,特别是主角,以一个追求的目标。在追求这个目标的过程中,他们所获得的经历使得他们成长与改变。这就是"人物的成长",而它往往是以干扰事件作为起始点的。

是的,当然,你可以在设定干扰事件之前,在脑海里想象出特殊的、有趣的人物:印第安纳·琼斯、渴望找到爱人的糊涂女公爵、狡猾的喜剧演员……存在无数种可能性。但是这样设计出的人物如同蜡像一般,你唯一能做的事情就是尽量描述他们。实际上,他们只有通过行为才能让人感兴趣,特别是他们处理冲突的特殊方式。

在《纽约黑帮》(*Gangs of New York*, 2002)中,一个黑帮老大杀了一个小男孩的父亲,然后,我们看着他长大成人,寻求报仇机会。如果摄影机仅仅跟着某个家伙围着纽约绕一圈,拍摄他找工作的过程呢?我们能看到什么?也许什么都看不到。世界上最有趣的人物并不是随处可见的——除非发生某些事情。

2.2 可信度

编剧想要并且需要观众去相信剧情。无论是荒诞搞笑的喜剧还是表现未来的科幻惊悚剧,观众将逐渐进入我们创造的那个世界。他们必须相信,至少暂时相信,这些人物是真实存在的,而且那些在观看时逐渐被揭露的事实也是真实的。为了达到这样的可信度,最重要的规则是:"写你所知道的事实。"老师们、有名的编剧和评论家们不断唠叨重复着这个观点。如果你是个典型初学者,也许听不进去,但是这样你也许会以更艰难的方式入门。然而用作家们的"守护神"的话来说:

> "对所有人都需要有耐心,但是最重要的还是要对自己有耐心。我的意思是,不要因为不完美而诅咒自己,即使跌倒,也要勇敢地爬起来。"
>
> ——圣法朗西斯·德·萨勒斯(1567—1622)

2.3 为故事创造可信的人物

编剧新手会倾向于创造自认为会打动代理人或制片人的人物。尤其,他们不去写自己所熟悉的人物,反而将人物放置在"类型"的基础上。比如写吵吵嚷嚷的妻子就是一个好例子,毕竟,这个人物比较刺激,富有戏剧性。但是只有当你的人物真实可信的时候,才可能让别人感兴趣。

我读过很多剧本,有些不过是作者异想天开的产物。它们是严格按照作者所设想的,而不是作者所知道的东西来完成的。男人们喜欢写黑帮、毒品和残酷大街上的生活:《私家侦探玛格侬》和《低俗小说》(*Pulp Fiction*, 1994),但是我很少遇到一个曾经拜访过穷街陋巷的编剧新手,更不用说住在那儿了。女性新手常倾向于写《综合医院》(*General Hospital*, 1963)或者《母女情深》(*Not Without My Daughter*, 1991),但是迄今为止,在我的女学生中,没有一个曾在医院工作过,更别提曾体会过失去女儿的痛苦了。

两种性别的人都喜欢把角色设定为毫无心机的受害者、有着金子般心灵的妓女或者是曾经强壮健康而突然残疾的人。但是即便这些人物看上去如此充满戏剧性,他们生活是什么样的呢?你是因为真正了解这些人物才写他们的吗?还是因为在银幕上看到过这样的人物?

万事万物都是编剧"磨坊"里的"谷子",而且模仿别人的作品可能会带来好的学习经验。但不幸的是,编剧的模仿行为特别不适应电影制作过程。你或许可以模仿威廉姆·高德曼(William Goldman)或者罗恩·巴斯(Ron Bass),但是想象某个制片人会为仿制品而付一大笔钱——这显然很不现实。你需要的是原创思想和真实人物,但是应该怎样做呢?

在人类的保留剧目里,只有有限的几种情节(估计有 7—20 个,随资源不同而变化),电影已经无数次地重现它们了。这意味着你必须在这些古老故事里加入崭新的视角、新的纠葛和复杂的概念。但是,你想,我只是一个普通的人,我怎么能从我或者我知道的人出发,写出让人兴奋或者复杂的故事来呢?

首先,所有的人类情感都是一致的,改变的只是环境(时间、地点、目的、生活情况)和紧张的程度。换言之,如果你曾爱过别人,你就知道在 2000 年前的中国,爱情是什么滋味;如果你感受过欢欣,你就知道冲浪运动员在马里布海滩追上浪峰的感觉;如果你生气、沮丧或者被吓坏过,你就明白中世纪的人在被绑架或被劫持为人质时的滋味。如果你想准确描绘人类的情感,不妨观察你自己的内心,所有的感觉都在那里。

其次,你个人经验王国的疆域比你想象中的更为广阔。除了想象力之外,个人经验也会作为辅助工具发挥巨大效用。比如,我的一个学生有过做侍者的工作经验,她问我一个侍者可以写什么样的经历,我提到一些以女侍者作为主角的成功影片,然后就问:"现在你怎么处理呢?你能赋予它什么新纠葛呢?"

她晚上离开课堂时看上去很苦恼。但是下次上课时,她有了个"犯罪喜剧"的主意——一个粗心的餐厅经理偶然被锁进大冰柜内,偶然目睹了一起谋杀。当然,人们会猜测接着会发生什么,但她的剧本非常具有可信度,更不用说它的娱乐性了。

另一个学生曾经是汽车推销员。某天在麦当劳排队买"巨无霸"汉堡包时,他突然想到如果有人抢劫了麦当劳而且将一个二手汽车推销员劫为人质,驾着二手车扬长而去,推销员会帮那个劫匪弄到一辆越野车还是流线型跑车呢?他们会去哪里?他会逃跑吗?或许他会成为流氓团伙的头头?

看到了吗?是的,你可以将你自己或者你知道的人作为人物的原型;你可以将个人经历作为灵感的来源。如果你需要超越个人经验,就必须作些调查研究——去泡图书馆或在网上搜索,那里信息充足,而且还是免费的。

假如你是伊利诺斯州布卢明顿的一个图书管理员,你想写关于银行劫匪的故事,而许多警察局都碰到过类似的案例,那些警察也许很愿意与你分享他们的故事。同样,从业律师或者公检人员也可以给你提供很多相关社会资源。

也许你是爱达荷州列易斯顿的伐木工人,你想写关于澳大利亚原住民的故事,上因特网试试,说不定你会有机会联系上一名澳洲原住民,也许你还可以通过电子邮件与原住民一家进行交流。

要想方设法获取各种资源。把你生活中遇到的各色人等的特点融合起来,这样你才可能创造出有血有肉而且精彩的人物。比方说,你的妈妈过分爱好整洁,假如你认识的另一个人总不注意卫生而且时不时撒谎,如果你把他们的特点结合起来,将会得到什么?一个懒汉,却总是装作很整洁的样子,或者是一个过分整洁的怪人,总是撒谎。两者皆可,而你写出这个人物,是因为你的个人生活中存在过具有这些特点的人。

2.4 神奇的"如果"

我们刚刚谈到:人类有共同的情感,但是还是需要将你自己的驱动力、需求和渴望赋予你的人物。这些人性中的层面在所有人身上都可以看到,所以你的观众已经做好了对人物产生认同感的准备。实际上,斯坦尼斯拉夫斯基就鼓励演员们主动沉浸到人物的内心世界中夫,运用一种他称之为"神奇的'如果'"的技巧。一个演员必须设想:"如果我是这个人,如果我处于这样的情况下,我会怎么做?"这个具有强大推动力的小疑问,同样适用于编剧。举个例子,将我替人物设定的内心世界铭记在脑海里,我会问自己:"如果我是我自己的主角——艾玛,面对一个关在牢中已 23 年的恶棍——沃尔多,我会把他推下悬崖并哈哈大笑地看着他走向死亡吗?"

如果艾玛,如同我设计的一样,是个敏感、体贴而且决不会杀人的角色;如果我是这样的女人,而且我的确将坏人推下了悬崖,我肯定一生都不得安宁。是的,我不该如此软弱,但我也不可能在他从悬崖上掉下去后,还能无所顾忌地狂笑。这肯定"不符合人物角色",我需要一个更为合适的行动。陈腐的常规往往是,扔给他一根绳索。这样,我可以救他的命,而且还可以让他体会到深重的负罪感。

但是,如果此时艾玛展示出了如钢铁般冷酷的一面,发誓要向沃尔多报仇雪恨,那么它将成为另一种人物行为的前提。在这种情况下,如果我是艾玛,我会先把他推下悬崖,至于良心问题,以后再说。即便观众并不赞同这种安排,他们也会理解人物。关键问题是**掌握我创造的形象**。如果我想改变一个人物性格上的特点,我必须写出适应这种变化的人物行为。

下一步,我改变了出发点,成为我情节中的另一个人物。我进入他们的内心,从他们的反应中,推测他们的性格。这一步很重要,因为在戏剧中,反应导致冲突的可能性。"如果我是沃尔多,一个残忍的恶棍,面对 500 英尺的高崖,我会怎么做?"站在悬崖上,毫不反抗?跪下请求原谅?请求喝最后一杯茶和裹上一块舒适的毛毯?

同样,我必须想象:赋予我的恶棍以什么特点呢?有没有预设任何可能让他改变的前提,这样他就不再会对艾玛造成威胁?我是否可以将他设计为一个宁愿死,也不愿面对罪行惩罚的人?又一次,我必须进入人物内心,再作出决定,创造出符合人物内心的行为。

让我们比较一下两部"奋斗取胜"型的影片。《辣身舞》(*Dirty Dancing*,1987)有敢于秀出自我的年轻人,充满自信和力量,摇摆着他们的靴子。而在《闪电舞》(*Flashdance*,1983)中,一个年轻人则试图寻找自信和力量。虽然有点过分夸张,但这些影片确实激动人心,让你的脚步飞扬。约翰尼(《辣身舞》男主角)说:"没有人会将贝贝扔在角落里!"吹嘘着自己的试演经历,亚历克丝(《闪电舞》的女主角)进行第二次尝试并成功地完成了表演。在观众中间,我们会告诉自己:"是的,如果我就在现场,我也会这么做!"

也许情况并非如此。在现实中,我们也许会痛哭一场,然后患上偏头痛。但是当我们看电影时,我们会相信我们所感觉到的,而且以为自己也会这样做。那是因为我们看到的这些情感和行为对人物和他们的处境来说,是合适的。

2.5 光荣属于希腊

对于欧洲国家和他们所景仰的文化而言,戏剧艺术起源于古希腊。**主角**(protagonist)与**对手**(antagonist)①之间的戏剧冲突是古希腊戏剧的核心,在现代戏剧和电影中,这个传统保持不变。

在现代文明中,我们有时候会曲解这两个古希腊词汇——"主角"与"对手"。我们这些被现代文明所侵染的人,经常将它们理解为:英雄、好人、闪光人物、中心角色和流氓、坏蛋等。但《公民凯恩》(*Citizen Kane*, 1941)这部电影中的主角,却不是中心人物;《死囚168小时》(*Dead Man Walking*, 1995)则将罗马天主教修女设定为对手;而《海达·高布乐》(*Hedda Gabler*, 2004)也刻画了一个极其恶毒的主角。

事实上,主角与对手的设定并不取决于角色的分量轻重或者对人物的道德评判,实际上,它取决于人物在一个情节内的功能。如果你想提供有意义的戏剧材料,你需要理解人物的功能是什么以及这种功能的基础。你如何才能正确设定主角和对手呢?当你知道了古代希腊人如何创作戏剧时,你就会对这个问题有更为深入的了解。

古希腊戏剧起源于希腊酒神节盛宴时,在旁边举行的仪式中的一部分活动。这些活动会给参与者创造名望和财富,编剧和演员们往往花上几个月甚至几年的时间来为其做准备。最开始,这些戏剧的主题往往是取材于希腊神话中的一些干扰事件,且最早的戏剧采取一种"歌队"的形式:某个

---

① 来源于希腊文,指戏剧动作中的施动者及其对抗性力量。——译者注

演员在台上复述着诗歌,而合唱团在旁边不时地评论。最开始,这些演员轮番上场,就像现代歌剧的演员们常做的那样。

从文字上释义,希腊词"protagonist"指的是"第一演员"。在早期戏剧中,显然是这个家伙获得了"演出开场"时令人艳羡的角色。随着希腊戏剧的发展,戏剧家埃斯库罗斯在舞台上增加了第二个人物——对手。

单词"antagonist",由"anti"(意为"对抗")和"agonizesthai"(意为"为胜利而竞争")组合演变而来。是否在最早期,对手只不过是名单上的第二个演员呢?我们无从得知,但对手毫无疑问地成为了主角在争取胜利时,阻碍他的那个演员。

根据亚里士多德所言,"埃斯库罗斯第一次引入了第二个演员。他减弱了歌队的重要地位,同时将关键作用赋予了对话"。换言之,埃斯库罗斯开始让演员们相互对话,而不是让演员向观众作自我介绍。通过"发明"对话,他替我们创造了最基础的戏剧动作,使得主角处于"变化"之中,引导动作向前进展,同时对手接受动作并产生反应。通过演员们在对话中相互作用,真正的"动作"才开始发展,进而主角成为戏剧动作的领导者,而对手则是对抗力量的领导者。

象棋游戏

关于古希腊戏剧,有很多问题对我们而言至今还是个谜,但是适当的推测和设想会带给我们乐趣。说演员之间的竞争在某种程度上影响了戏剧的发展,这种推测颇有道理。也许它对我们今天所看到的核心冲突有所贡献。与现在一样,竞争和奖励有很重要的影响。当然,主角作为动作的领导者,会在演员中成为闪耀的明星,而对手则成为某种意义上的陪衬,因为他只能对动作进行接受和反应。毫无疑问,对手肯定会更加努力工作,去获得评判者的注意。但是我确信主角也不只是在那儿闲逛,等着被推下台。而且我敢打赌:他们俩都会恳求编剧,让他给自己写更好的台词。

在任何情况下,无论我们为之编剧的媒介是什么,对戏剧最基础的评判标准意味着舞台和剧本的需要:

- 至少有两个人物。
- 对话。
- 使得故事通过冲突向前推进的戏剧动作。

寻找主角和对手

无论你的故事情节由多少人物推动,主角和对手之间的核心冲突才是推动所有人物的戏剧动作的起点。但是"主角/对手"这个模式,往往使得很多编剧新手颇感困扰。

为了使这个概念更明晰一些,我们可以想象一下象棋游戏。你的目标是控制敌手的国王。白棋国王和他的军队发动进攻,黑棋国王和他的军队作出反应,整个游戏就是围绕着两个国王之间的矛盾而展开。如果你拿走一个国王,会发生什么呢?你的游戏会因此而进行不下去。戏剧也是一样,如果没有主角和对手,就不成其为戏剧。(你也许会呈现些别的东西,比如纪录片或者戏剧朗读,但它们绝对不是戏剧。)

你应该如何区分主角和对手呢?如果他们的行为能清楚地区分开,事情会相对容易些。比如,在一个故事中,有个好人,也有个坏人——黑白分明。但是一个优秀的剧本一般会有很多层次,最好的人物往往处于灰色的阴影中。

比如《教父》(*The Godfather*, 1972)中,迈克尔·科里昂想远离他父亲领导的流氓团伙。迈克尔是个好人,一个诚实的人,一个战斗英雄,他爱他的家庭,狂热地忠诚于他的家庭。因此他的爱和忠诚促使他最终选择了他一直以来逃避的生活。这才是好编剧,它符合古希腊的传统范式——有着带着致命缺点的英雄。在电影中,迈克尔做了主角必须做的事:

- 面临戏剧问题并决定解决它。
- 促使其他人物作出反应,特别是对手。
- 最终解决戏剧问题并恢复秩序。

对于迈克尔·科里昂而言,这些行动充满痛苦而结局又是如此恼人。最后,他没有得到他想要的(最佳解决方式并非一定会导向一个圆满的结局,实际上，结局可以很悲惨）。

　　首先，主角想得到一些东西，然后对手会阻止他得到它们——王子在寻找公主的过程中，发现有个邪恶女巫阻挡了他的去路；一个异性恋者陷入爱河，却惊讶地发现他恋爱的对象竟然同为男性；一个秘书设计了明智的商业战术，却被她的上司抢了功。

　　以干扰事件作为开始，才能顺利找到主角。明确干扰事件带来的麻烦，然后寻找是哪个人物抓住机会并决定解决戏剧中的这个问题。也许解决问题正是主角所需要的（埃洛伊丝发现城市规划委员会试图关闭她的幼儿看护中心），或者它可以帮助主角得到他想要的（抓住歹徒，可以使警官重新被选举上）东西。无论如何，是主角拥有戏剧问题，并且试图去解决它。

　　同时，对手接收了主角的行动并反抗，这样就使得主角的努力受到干扰。当你在寻找对手时，请避免将戏剧专用名词"对手"（antagonist）和"敌对的"（antagonistic）混为一谈，后者的意思是爱争辩的、怀有敌意的、心怀不轨的。在戏剧中，"对手"可以是这个意思，但并不一定是。实际上，对手可以是惹人喜爱、敏感、被动甚至是无助的。

　　举个例子，小安妮想在街道上玩，妈妈阻止了她。主角——对手，安妮想做某些事情，妈妈接收了安妮的行动并加以阻止。是因为妈妈怀着敌意吗？不是，因为妈妈想保证安妮的安全，这个对手的行为是善意地。仅仅反对他人并不意味着对他人怀有敌意或恶意。

　　比如《罗密欧与朱丽叶》中，罗密欧——主角，想和朱丽叶结婚，她接收了他的爱并作出反应。但是因为他们的家庭处于争端中，他杀了她的表哥提巴特。这意味着朱丽叶必须反对罗密欧的愿望，因为她是卡普利特家族的人。无论朱丽叶多么爱罗密欧，她仍处于敌对方，而且她不能给予他想要的东西，这意味着朱丽叶是他的对手。最后，罗密欧想出一个他认为可以使他与朱丽叶在一起的计划。这个计划最终导致了一场悲剧，然而它却又使得家族争端消失了，家庭生活因此恢复了秩序。

　　另外，关键之处是寻找运行机制，而不是角色的道德色彩或者重要程度。在电影《死囚168小时》中，主角是一个杀人犯，被宣判了死刑，他送给修女一封信，而这个修女才是电影的中心人物。她接收了他的行动（信件），并作出反应(前去拜访他)。他想要活下去,但是因为他有罪,所以她不能阻止死刑的执行。修女是他的对手,仅仅是因为她没有给予这个罪犯想要的。最后,她的确给了他爱的礼物,她给他带来的变化也让我们深受感动。再次声明,对手只是这样的一种主要人物:

- 接受主角的行动。
- 领导对抗力量。
- 阻碍主角解决戏剧问题的努力。

当然,如果你愿意,你可以用传统的观念,将主角塑造为英雄,而对手则是个恶棍。这毫无疑问是组织戏剧材料最"正常"的一种方式。但是,无论如何,请不要使自己为成规所困。人类是情感、愿望和奇思冥想的混合体,反抗和阻碍时常都会发生。当其他人妨碍我们达到目标时,他们并不一定是坏人,也并不一定是敌人,他们只是和我们一样的人,只是对同一件事有着不同看法而已。

下次你参加集体活动时,找找看有没有希望用自己的方式做事情,而不愿听领导者的吩咐的人。或者是考察一下周边的人,看看其中有多少夫妻住在一起,却从来都不吵架?实际上,婚姻产生的矛盾,足够所有的戏剧使用,而且已经有一些优秀的戏剧处理过婚姻争端这个题材。因此,当你塑造对手时,请不要将其定性为"坏人"或者"恶棍",仔细考虑一下他们的人性,包括他们的热情、需求和驱动他们行动的愿望。你的故事会因此而受益匪浅。

附加人物

(亚里士多德告诉我们)索福克勒斯在舞台表演中增加了第三个人物,戏剧因而得以成形。跟我们一样,古希腊剧作家也有制作人(经纪人永远都如影随形一般在我们周围转悠)。所有的制作人都懂得要减少人物以节省成本。请原谅,但我还是能想象出这样一幅画面——当古希腊剧作家观看排演时,他的制作人一定在身边抱怨:"我们已经有两个演员在说话了,除此之外,还有十个人在解释他们到底说了什么。这是怎么回事?把歌队去掉,他们的台词可以由一个演员来说。想想看,这样我们可省了不少钱!"

当然,我只是开个小玩笑。几个世纪以来,无论如何,古希腊歌队无可挽回地逐渐衰落了。单个人物取代了歌队的位置,赞同或者反对主角。但是,可以确定的是,增加更多的人物,并不会改变通常情况下的核心冲突本身。

2.6 插上一脚

借用乔治·萧伯纳的话,有些电影人说唯一的规则便是没有规则。所以我下面准备要说的是关于"危险"话题。但是,我必须先采取某种立场。学生们经常询问他们是否可以设定多重主角或者多重对手。我的回答是否定的,在戏剧中,这绝对不行。

就定义本身而言,主角引导戏剧动作,对手引导反抗力量。在他们把对方踢出局前,你能有多少个领导者呢?我们不能有多重主角或者多重对手,其原因等同于我们不能有好几个美国总统、好几个教皇或者是好几个英国女皇一般。多重主角使得力量分散,并使得问题变得令人迷惑不解。人们无法决定到底该听从哪位领导者的意见,所以他们会彼此争斗,这种情形也会出现在你的剧本中。

想象一下六合彩,如果好几个参加者都赢了,他们会把奖金瓜分掉;同样,多重主角或者对手会使得动作分裂。为了使这个结果视觉化,想象一下你同时盯着几台电视机,而每台电视上都上演着不同故事——你无法集中注意力,你迷糊了,你关上了电视。如果你这样做,同样的事情也会发生在你的观众身上。

我的初级学生经常宣称,"这部电影有两个主角",或者是,"这部电影根本没有对手"。实际上,这些结论简直就是混淆视听。之所以如此就是因为:学生们经常将主角等同于英雄,将对手等同于坏蛋。

一些电影中没有负面人物。在这种情况下,你也许会很容易找到主角,但是谈到对手时,你会花费很大的精力去找一个"坏蛋",实际上,关于寻找

主角或对手,可以参考下面的例子:

>《当哈里遇见莎莉》(*When Harry Met Sally*,1989)
>**干扰事件**:当哈里遇上莎莉。(是的,不过如此,平淡无奇的开端。)
>**戏剧问题**:哈里认为婚姻会破坏他们之间的友谊。
>**主角如何处理这个问题?** 他与莎莉约会。(好几年)
>**主角如何解决这个问题?** 他决定与莎莉结婚。

在这部影片中,主角都是惹人喜爱的人。这里真的没有所谓的"坏蛋",但是有对手吗?废话——想想整部电影,莎莉接收了哈里的行动,她想要他娶她,她反抗他的畏惧;同样,娶莎莉的决定必须由哈里来做。他拥有戏剧问题,他领导动作;她作出反应并反抗——"主角—对手"。

提示! 以"关系"电影为典型,比如浪漫喜剧,两个处于某种关系中的人是主角和对手。当你决定了戏剧问题后,只需决定谁拥有它,而谁又在拼命扰乱解决这个问题的努力即可。

次要情节通常带来困惑,它们经常精巧地与主要情节编织在一起,故事线索因此而变得模糊,然后看上去好像有好几个主角和对手。但是,次要情节无论如何都不会太充分地发展,而且它的解决,也不会导致整个戏剧矛盾的解决。

环境与非人类角色

有时候,学生们会询问他们是否能将非人类作为主角或对手,比如《边缘》(*The Edge*,1997)中的大自然或者熊,我的回答是:"不行,在戏剧中,这绝对不行!"

让我们回到古希腊。请记住,在戏剧动作中,我们模仿人类行动,还请记住,主角和对手这两个词指的是那些表现人物的演员。人物通过人类行动来揭示冲突,如对话,而"大自然"这样的物体如何能满足这些要求呢?

如果大自然成为你的主角,会发生什么呢?大自然所有的动作,演员都没有办法去模仿(一个人,怎么可能模仿冰雪暴或者地震?)。它没有情感,根本不会思索,当一个问题发生时,它也不会关注,更不会想办法去解决。你如何为大自然写作对话?大自然会说什么?你又能请谁饰演这个角色呢?当然,除非我们将大自然人格化,否则它一定不能充任主角。

反过来说,让大自然充任对手可以吗?在《荒岛余生》(*Cast Away*, 2000)中,飞机失事后,汤姆·汉克斯被遗弃在一座小岛上,他与大自然作斗争,奋力求生存——因此,大自然就是对手,是这样吗?

再次声明,戏剧是对人类动作的模仿。一个演员能模仿大自然的什么人类动作呢?谁会负责这部分的演出呢?同样,对手是妨碍主角取得竞争胜利的人,对手接收主角的动作然后作出反应,大自然如何能完成这些行为呢?当然,除非我们将大自然人格化,否则它也不能成为对手。

这样说来,在《荒岛余生》中,到底谁是对手呢?为了弄清这个问题,我们首先来明确干扰事件以及戏剧问题。实际上,一个人被遗弃在荒无人烟的小岛上,这件事并不构成干扰事件,它只不过是第一个情节转折点。为了明确我们所需要的元素,我们必须考察一下《荒岛余生》的开端。

查克·诺兰,一个UPS(美国邮政系统)雇员,想回家看他的甜心凯莉。当他的飞机坠落,而他陷入困境后,他挣扎着生存了下去。为什么?因为他爱凯莉,他想和她在一起,不在她身边使得他困扰不已——凯莉才是查克的对手。实际上,这个电影的核心问题是:"查克会回到凯莉身边吗?"

可能,你会说,难道查克没有与大自然作斗争吗?他当然有,但是这个斗争不是主角与对手之间的冲突,而是戏剧中的阻碍事件,是他所面临的情况或者生活,而他必须与之奋斗,从而与凯莉相见。

排球"威尔逊"[①]呢?好的,虽然在这部电影的绝大部分情节中,主角都是孤独一人。但是让观众将注意力长久地集中在一个在银幕上自言自语的演员身上,不是件容易的事,因此,查克需要一个伴儿。

当排球被冲上岸时,查克在球的表面画上了人脸的形状,对待它如同

[①] "威尔逊"(Wilson)是著名的运动品牌,这里指影片中与主人公一同漂流到岛上的一个排球,主人公在百般寂寞中,与它说话交流打发时间,类似于《鲁滨逊漂流记》中的"星期五"。——译者注

对待另外一个人物。这样做有些冒险,演员人数越少,就越难把故事讲清楚。感谢汤姆·汉克斯杰出的天赋,他将"威尔逊"人格化,并赋予它生命。这样的情况很少见,如果想要卖掉讲述这种故事的剧本,你必须保证能有像汤姆·汉克斯这样优秀的演员支持你,否则免谈。

平常,每当讨论到这个当口时,我的学生就喜欢用《大白鲨》(*Jaws*,1975)来反驳我。它是个动物,它有感情,而且还有头脑。当然,它会接收动作并作出反应。是的,但是大白鲨有多少句对白呢?它是由谁扮演的?

好吧,如果大白鲨不是对手,谁又是呢?让我们来探讨探讨《大白鲨》吧。

让我们从干扰事件开始。在拥挤的海滩上,鲨鱼袭击了游泳的人。一个科学家意识到了这个问题的严重性并着手解决它,这个决定使得科学家成为主角,他促使当地政府关闭海滩(这可是敏感的问题)。

是哪个人物——某个演员所扮演的角色——接收了主角的行动并作出抵抗呢?是镇长。他反对关闭海滩,因为这样会将旅游者都吓跑(奇怪的是,他并不在乎漂浮在水中的鲜血和内脏,这些同样可以吓跑旅游者)。所以,镇长是对手。

现在,等等,在你开始发表其他意见前,先想想,当科学家们想关掉海滩时,如果镇长回答说,"当然没问题,我们现在就关闭"。这时候会发生什么呢?

电影结束。淡出。

科学家也许仍旧会决定去抓捕鲨鱼,但是镇长的配合会使得鲨鱼对人类的威胁很快被解除。这样做的反作用力是,将驱使科学家去做可怕事情的需求剥夺了。如果消除了两个人物之间的矛盾冲突,你就结束了电影。按正常的逻辑,镇长拒绝配合,会促使科学家做出更多行动。这使得他开始搜寻鲨鱼,因为如果他不行动,人们的生命就会受到威胁。抓住鲨鱼成为他的目标。他想恢复他的世界秩序,因此他必须冒更大的风险。

主角和对手是而且必须是:**演员能够表演的人物**(或至少是有着人格特点的生灵,这样演员们可以进行配音)。以其他任何一种方式,你都不可能写出剧本来。

现在,假设你的心情很好,而且你允许我有所怀疑。也许鲨鱼并不具备一个人物所需的特质,也就是说它不能成为对手。但是它显然必须在剧中发挥一定作用。

当然,事实确实就是这样,首先,鲨鱼是权力的象征,代表生活中暴露在我们面前的恐惧。但无论如何,这只是故事中的问题。有时,在《大白鲨》中,这个问题甚至盖过了核心冲突。是的,对手可能是戏剧中需要解决的问题,但是并不一定,这两种机制完全可以分开发挥作用。

我经常听到的另一个询问是:"人物能同时是主角和对手么?"有个恰到好处的例子可作说明:《化身博士》(*Dr.Jekyll and Mr. Hyde*,1941)。该电影改编自罗伯特·路易斯·史蒂文森的小说,由它改编出来的戏剧也同样出色。它在舞台上和银幕上有很多不同的版本,其中还包括一个音乐剧以及一个名为"Dr.Jekyll and Ms.Hyde"的版本。

这个故事本身的确为一个演员扮演两个角色提供了条件,但是不要因此而陷入迷惑之中。杰基尔医生毫无疑问是主角,海德,怎么说呢,却不是对手。

主角引导动作,对手引导反动作。一个人能同时成为网球比赛的双方队员吗?想想足球或者篮球比赛,一队的队长能在比赛的时候,同时引导另外一队吗?当然不能!那海德先生算什么呢?他代表着干扰杰基尔医生生活的困境。同样,这是戏剧中出现的问题本身。为找到杰基尔医生的对手,想想谁发现了杰基尔医生的秘密并且要泄露出去?哪个人物试图去阻止海德的暴力?我会投票选杰基尔的律师和朋友,约翰·阿林顿。但是在不同的版本中,这个角色有时被别的人物所替换,包括爱着杰基尔并试图与之结婚的女人。杰基尔之外的所有人,都接受了他的行动。一些人做出反应并反抗,一些人则引导着反抗动作。

拦路石

无论是在戏剧界之内还是之外,都经常有人将戏剧问题和反抗力量混淆。如果你是其中之一,你的故事的动作很可能会显得很凝滞并缺乏生趣。如果这样的事情发生了,请回到剧本的开端,重新审视一遍干扰事件。找出你的问题,找出是哪些人物决定试图去解决问题,并引导行动,又是哪些人物在引导对抗行动。这些简单的步骤会帮助你回到正确的轨道上。

从音像店里租回《公民凯恩》,并仔细研究它(别试图寻找替代品,你必须看这部电影)。然后从下面的电影中至少选择一部观看:

《返家十万里》(*Fly Away Home*,1996)
《天之骄子》(*The Emperor's Club*,2002)
《爱犬大赛》(*Best in Show*,2000)
《逃狱三王》(*O Brother,Where Art Thou?*,2000)
《完美风暴》(*The Perfect Storm*,2000)
《美梦成真》(*What Dreams May Come*,1998)

如果你之前已经看过这些电影,请重温一遍。如果它们不是你喜欢的电影,也请容忍一下。然后像写购物清单一样,写出以下的分析就可以了:

干扰事件(某种扰乱人物生活的困境或者危机。)
戏剧性问题(主角必须采取行动并解决它。)
主角(他或她如何尽力去解决问题?)
对手(他或者她如何扰乱并阻碍主角的努力?)
主角最后如何解决问题

例如:

《西雅图夜未眠》(*Sleepless in Seattle*,1993)
干扰事件:一个女人去世。
戏剧性问题:她的丈夫与孩子间产生情感隔阂。
主角:孩子。他想重新与父亲建立情感联系,因此向电台谈话节目写了封信,为他的父亲寻找另一个生活伴侣。
对手:父亲。他拒绝去见写回信的女人。
主角最后如何解决问题:男孩劝说父亲去见那个女人。

Chapter 3

主　旨

THEME

　　人物必须能打动观众。他们的行为必须能在观众那里引发一种认同感,一种内心的关注以及能有所获的一种愿望。这种情感上的感受,观众会认为是合情合理的。

　　每个作者都会被问到这样一个问题:"你的剧本讲了些什么?"以前,当一个经纪人如此问我时,我回答:"剧情围绕一些人物展开,他们……"他立刻打断了我。"不,别扔给我一部人物传记。只要告诉我你的剧本讲了些什么。你应该可以用一些词语,最多用一句话来形容它。如果你做不到,那么你就还没有组织好你的素材,也还没有搞清楚这是一部关于什么的剧本。"

　　那真是个令人难堪的时刻,然而他的观点却很具有代表性。一般来说,电影工业体系内的人们不可能也不愿意花时间去听那些长篇大论的解释,因此你最好在他们抛出那个问题前就做好准备。一个强有力的主旨陈述,将成为你的回答的重要组成部分。

3.1 准备一个主旨陈述

你的主题

人类是以心理活动为基础的生物。我们总是先感觉到，然后才将所感付诸行动，并且通过外在的身体动作，来表达内在的心理感受。简而言之，我们的情感引发并推动我们的行为。当然，正如前文所言，外在因素的影响会改变人们的感受，例如时间、地点、生活条件等。但是，戏剧却是源于情感自身的。比如说，印第安纳·琼斯是一个手持软鞭、寻找法柜的考古学家，但《夺宝奇兵》(Raiders of the Lost Ark, 1981) 却不仅仅是关于一名传奇的科学家和丢失的宝藏的电影（如果它是的话，那就是一部纪录片）。事实上，这部电影的主题是"胜利"——一个好人勇敢地面对一个坏人，一场诉诸情感的拔河比赛随之而来。本片也确实为我们提供了各种外在因素……琼斯博士那特殊的职业，他的紧急使命，危机四伏的环境……这些都为剧中人物构筑了坚实的框架。然而，如果仅此而已的话，这些细节将吸引不了任何观众。

我们想与琼斯博士分享他的感受，无论是害怕、果敢，还是兴奋，这也是我们买电影票的原因。的确，每个电影故事都源于人们的情感，因此你的故事主题要与情感有关，或者是一种感情，或者是一种状态。你应该能够用一个词语——一个名词，来表述它，例如：爱、恨、勇气或者内疚。

说到这里，我们其实是在将你的故事的骨架凸显出来，我们要让事情显得简单易行。选择那些能够引发人物行为的基本感受，而诸如价值判断和道德规范等属性，则是属于可以稍后再添加的层面。对于故事主题而言，其实没有任何限制，唯一有所规范的，只是你所写的故事类型本身。你的主题可以非常崇高，也可以无比消沉（事实上，《七宗罪》(Seven, 1995)对于编剧来说就是一顿丰盛的快餐）。

当然，在时限为两个小时的电影剧本中，没有人能将爱、恨、喜悦、悲痛或其他什么主题表述得面面俱到。因此，你需要加上一个形容词，来对情感所属的领域有所限定，例如：爱可以是母爱、无私的爱、禁锢的爱或不贞之爱。一定要对你的描述性词语慎而又慎，并且绝对不要多于两个词语。

确定了主题之后,立刻将其记在纸上。

你的基本动作

你为主题选择的情感,将会驱动你的人物,让他们相互影响。接下来你就要决定,这一情感将在你的主角身上引发什么样的行为(他的动作会促使其对手及其他角色作出回应)。表述主角行为的最好方式,是选取一个现在进行时态的及物动词(该动词表明,动作是由一个人物施加给另一个人物的)。在你的故事主题旁边,用进行时态写下这些动词。例如:

主　题	基本动作
母　爱	保　护
勇　气	斗　争
孤　独	寻　觅
和　解	原　谅

好了,你已经有了主题和基本动作。接着用箭头将二者相连:情感与行为。箭头意在说明该情感导致了动作。

主　题		基本动作
母　爱	→	保　护
勇　气	→	斗　争
孤　独	→	寻　觅
和　解	→	原　谅

上面每一组都展示出了让人物产生相互影响的行为,并打开了其他人物反应的闸门。人物总是互相影响的。

提示！ 选择一个与你的主题(情感)有合理联系的基本动作(行为)。比方说,"母爱"导致了"保护"是合情合理的。一些特殊的组合,例如"母爱"与"杀害",也许是一个新颖的创意,但它们却可以形成一个明显的鸿沟来破坏你的故事。对观众来说你的作品必须**言之有理**。如果你选择了一个不合逻辑的基本动作,你就需要用高超的技术,创作出一个让你的观众深信不疑的剧本。

如果你选择去尝试特殊的组合,就要根据已有的环境条件,去调节那座可信度的天平。是什么合理的原因,让这个慈爱的母亲杀死了自己的孩子？如果他们是在2000年前,被囚禁在马察达(Masada)的犹太人,那么你将有一个精彩刺激,并且对观众来说意义非凡的故事。

除非你的角色是美狄亚——那个因为对丈夫的仇恨,而杀了亲生孩子的希腊女巫——似的人物,你就必须给她的行为一个能让观众信服的合理动机。否则他们会不满意,甚至会暴怒,但他们的确需要理解人物的动机。即便是奇异的科幻小说,也必须以真实的情感和合理的基本动作为基础。如果你的主题和基本动作彼此并不是非常合适,那就试试其他的组合。不懈努力,直到"筛选"出你的合理组合为止。

目的句

写下你的**主角的目的**,这是构建主旨陈述的下一步,也是最后一步。这个简明扼要的句子,从属于你的主题/基本动作的等式,它阐述出你的主角要干些什么,并且指出对手接受并反抗主角的动作。目的句必须能解决你的主题和基本动作之间的关联的合理性问题。这一点至关重要,因为它设定了你的故事的核心冲突,但常常正是这并不起眼却必不可少的元素羁绊了许多作者,他们分不清自己的主人公及其对手。严格按照下面提供的方法,写下你的答案,来保持你剧中人物的一贯性：

> **写下主人公的名字,即动作的实施者**(哈姆雷特……)
> **用很少的词语,说明他想做些什么**(哈姆雷特想要复仇……)
> **写下其对手的名字,即接收并对抗主角动作的一方**(哈姆雷特想要向克劳迪厄斯国王复仇。)

这样做效果如何？是不是直截了当而又简单易行呢？无论如何,你要按照这个方法去做,稍后再加入更多细节。

主题/基本动作等式和目的句构成了一个完整的主旨陈述。

例如,如果这出戏剧是《哈姆雷特》：

正　义　→　谋　杀
哈姆雷特想要杀死克劳迪厄斯国王。

这里的主题是"正义",基本动作是"谋杀"。哈姆雷特是主人公,动作的实施者,在他对正义的追寻中,他迫使克劳迪厄斯作出回应并加以对抗,同时将我们关注的焦点引向核心冲突。(哈姆雷特能杀了国王吗?)

如果这部电影是《外星人 E. T.》(*E. T.*, 1982):

分　离　→　寻求帮助
ET 希望一个男孩帮助他回家。

这里的主题是分离,基本动作是寻求帮助。ET 是施动者,他回家的愿望迫使男孩作出回应和反抗,仅仅因为这个男孩并不具备帮助 ET 实现愿望的能力。

再如《窈窕淑女》(*My Fair Lady*, 1964):

接　受　→　教　授
希金斯教授想教会伊丽莎言谈得当,好让她能被社会接受。

此处的主题是"接受",基本动作是"教授"。希金斯教授是施动者,他希望教授伊丽莎的愿望迫使她作出回应并加以反抗。

再次提醒,你应该使用一个带有直接宾语的及物动词。这些动词是我们的语言中最掷地有声的词语,它们能显示出动作从一个人物施加到其他的人物,并引起反应。这里列举出一些能对你有所帮助的及物动词:

引　导　　　寻　找　　　结　合
逃　脱　　　赢　得　　　拒　绝
解　救　　　斗　争　　　原　谅

面对严峻的考验,你只要记住:

主　题　→　基本动作　=　反应
(情感引导行为,进而引起反应。)

一定要避免采用那些看上去晦涩难懂或毫无意义的主题/基本动作等式或者目的句。对于编剧新手来说,出现下面的情况是司空见惯的:

谋　杀　→　杀　死(谋杀导致杀死)
爱　　　→　犯　错(爱导致犯错)

谋杀是一种情感,还是一种由情感引发的行为呢?事实上,它是行为。谋杀和杀害是同一件事,因此这个等式是错误的,因为它包含了两个行为。让我们再写一遍:

仇　恨　→　杀　害

现在,"仇恨"这个情感激发了"杀害"这个行为。

我们再回到上面给出的第二个等式,爱是一种情感,并且犯错也是一个及物动词。然而,我们通常将这一动词与具体的行为相联系,如谋杀,显然,我们不会将"爱"作为"犯错"的宾语。事实上,我们习惯于将爱与承诺或者与结合相联系。

爱　　　→　结　合

在这个例子中,"结合"是一个更有力也更为合理的基本动作。

需要避免的情况

不及物动词

特别留意,要避免使用动词不定式以及那些表示存在状态的动词。[①]有些动词虽然看上去很像动作,但实际上那只是单向的词语,例如大笑。它们仅仅代表了人们的**自我行为**而不是**施加给别人的动作**。

成　功　→　变得快乐
伊丽莎想要变得快乐。

[①] 此处原文提到了"to be"以及"is、was、were"等"be"动词,还有一些例如"to think"、"to have"之类的不及物动词。——译者注

"变得"是一个不及物动词,同时"快乐"形容了伊丽莎的内心愿望。这种阐述或许能向读者揭示她内心的斗争,但对于演员来说,却是非常被动和呆板的。由此可见,她需要那种能够激发反应的行为。

爱　　→　给　予
伊丽莎想将她的爱情给予亨利·希金斯。

啊哈,这样你就获得了动作和反应的多种潜在的可能性。伊丽莎可以这样做,也可以那样做,可能得到如此的回应,也可能遭到那样的反抗……

然而,事实也确是如此,一些及物动词也会将行为返回给施动者本身:

成　功　→　学　习
伊丽莎想学习言谈得体。

"学习"是一个及物动词,但在实施这个动作的过程中,只存在伊丽莎一个人。这就是一个"单向的"行为,即伊丽莎的自我行为,她是唯一能够作出反应的人,没有任何人能参与到整个动作中去!

3.2 严峻的考验

你可以用下面括号里所举的简短问题来问问你自己,借此检验一下自己的主旨陈述是否奏效。

爱(谁表露出的?谁感受到了?)　→　给予(给予谁?为了谁?)
伊丽莎想将自己的爱给予亨利·希金斯。(第一个人物的动作是否驱使第二个人物作出反应?)

你的回答应该是跳跃式的,并且能将各个元素合情合理地组成一个有机的整体。

3.3 好消息

一个恰当的主旨陈述应该是简洁明了的。当你将一些主旨陈述大声读出来时,如果感到朗朗上口,那么它们就具备了戏剧性的优势;而如果你的主旨陈述读起来结结巴巴,或者听上去很别扭、很牵强,那么这就说明你遇到了一点小麻烦。解决问题的方法非常简单:试着更换一个主题或者动词;调整一下目的句,直到它的表述通顺;用简单的方式表达主人公的需要。

主旨陈述的价值所在

主旨陈述会帮助你建立起你的核心冲突,因为它可以使你在动笔之前就明确了主人公的目标。当你在国外旅游时,难道不会先找到一张当地的地图?而你的主旨陈述,就是你的剧本的地图。在开始你的旅程之前,一定要好好利用它。

现在,考虑一下……你的主角将会采取什么行动来获得他(她)所需要的东西?如果他(她)成功了,将会怎么样?如果他(她)不成功呢?这些问题将会引导你深入了解你剧本中其他人物的反应。

是的,你的主旨陈述可以更改。你对于主题的兴趣可能发生动摇,或者你也许会觉得另一个基本动作更为有力,你甚至可以为同一个故事写下许多不同的主旨陈述。这些都没有关系,只要你去选择其中最为有力的那个就好。

3.4 主旨陈述的模板

现在你已经知道了一个主旨陈述是由以下元素组成的:

主　题　→　基本动作
目的句

下面的这个学习指南可以帮助你写好主旨陈述。通过练习,熟练掌握这个方法,使它成为你下意识行为,以后你在头脑里就能完成这个过程。

寻找主题

要确定你的主题,你只需要对自己说:"促使_____行动的情感
　　　　　　　　　　　　　　　　　　　　　　　　　　　　(主角的名字)
(欲求,需求)是_____。"
　　　　　　　(你的主题)

记住,要使用一个词语——一个名词。它可以是一种简明、直接的情感,例如爱,也可以是一种与情感相联系的需求和欲望,比如成功。

例如,在《公民凯恩》中,促使记者行动的情感(欲望、需求)是成功。

寻找基本动作

要确定你的基本动作时,你可以对自己说:"一个对于_____
　　　　　　　　　　　　　　　　　　　　　　　　　　　　　　(你的主题)
的需求或欲望,驱使_____去_____。因此,基本动作是
　　　　　　　　　　(你的主角)　 (一个及物动词)
_____。"
(这一及物动词的进行时态)

为了生存下去——保住自己的工作——驱使一个记者去调查查尔斯·凯恩。因此,这里的基本动作是调查。

寻找目的句

要写出你的目的句,就可以对自己说:"_____想要去
　　　　　　　　　　　　　　　　　　　　　　　(你的主角)
_____,尽管_____。"
(简述主角的愿望或欲望)　 (对手的名字)(简述对手的对抗)

这个记者想要找出"玫瑰花蕾"一词的含义,尽管查尔斯·凯恩死时并

没有留下任何线索。

保持句子简洁并避免运用细节

"在心痛的驱使下,迪克通过不懈的努力来赢得简的芳心,尽管她已经和汤姆——一个笨手笨脚的尼安德特人般的足球运动员订婚了。"

这种零散的感觉只会让人感到迷惑。删去那些描述性的语言。主角想要什么?他的对手想要什么?用精练的语言来组织简明扼要的句子。"迪克想赢得简的芳心,尽管她早已心有所属。"

当你分析过《公民凯恩》后,你的主旨陈述应该是这个样子:

《公民凯恩》:生　存　→　调　查

一个记者想要找出"玫瑰花蕾"一词的含义,尽管查尔斯·凯恩死时并没有留下任何线索。

记住,一定要使用上面给出的句型并填充空白处。即使你暂时还不能将想到的各个元素按顺序组织好也没有关系,也许你想不出一个主题或者基本动作,但你心里已经有了一个目的句。这很好!先写下你的目的句。一般来说,你已经想到的各个元素可以帮助你确定方程中的其他部分。坦白讲,我经常是先写下目的句,然后再确定我要写的情感和基本动作,而到最后,我一定能将三个要素都确定下来。

如果你的第一个陈述并不奏效,那就选用另外一个吧。还记得你第一次使用锤子时的情景吗?它看上去很简单,但真正使用起来,却很容易将钉子敲弯。一个主旨陈述也像使用其他工具一样,需要不停地练习。然而,一旦你能熟练地掌握它,你便可以直通一部戏剧或电影的内核。当你开始动笔写剧本的时候,你的主旨陈述会促使你的工作简明清晰、目标明确,而非在原地挣扎困惑。

1. 从字典中查阅下面的动词。哪些是及物动词(可带直接宾语),哪些是不及物动词(不可带直接宾语)?哪些会驱使第二人物作出反应?

去　(to　go)　　战胜(to　defeat)　发送(to　send)
照亮(to　shine)　拿走(to　take)　梦想(to　dream)
纠缠(to　cling)　斗争(to　fight)　躲避(to　hide)
引导(to　lead)　需要(to　need)　工作(to　work)
更改(to　change)　获得(to　get)　死亡(to　die)

2. 直接宾语练习。

确定你已有了一个及物动词,以一个不定式形式开始(去爱〔To love〕)。在后面加上一个"谁"和一个问号(去爱谁?〔To love whom?〕)。这一问题的答案是否打开了一扇人物反应的大门?想想它可能会引发什么样的反应?写下另一个人物可能会做些什么。比如:

去改变(去改变谁?),如果你想改变某人,他完全可以拒绝。

去挑战(去挑战谁?),如果你想挑战某人,他也可以与你对抗。

那些不及物动词不能带直接宾语,所以在这种方法里它们永远不会奏效:

去死(To die)(去死谁?〔To die whom?〕),如果你想死亡某人,他可以＿＿＿＿＿＿。

你觉得不服气吗?是的,你可以"杀死"某人,但不可能"死亡"某人。(至少在没有一个足够大的桶以及数量充足的开水的情况下不可能。)

某些及物动词同样也不奏效,使用它们会带来一些麻烦:

去牺牲(To sacrifice)(去牺牲谁?〔To sacrifice whom?〕),如果你想牺牲某人,他可以＿＿＿＿＿＿。

和"犯错"(committing)一样,牺牲可以意味着两件事:实实在在地牺牲某人或是为他们"做一次牺牲"。对于这个动词来说,要想带有直接宾语并形成戏剧冲突,你就必须"牺牲某人"。考虑一下,你真实的意图是什么?

去纠缠(To cling)(去纠缠谁?[To cling whom?]),如果你纠缠某人,他可以_____。

如果你纠缠着苏,她会有什么反应?从另一个方面来说,如果你纠缠着苏,她可以将你推开。然而纠缠是一个很复杂的动词。"黏着"基本上与它所指的同一件事,但它还需要一个辅助词来协助对动作加以限定。任何时候,当你的动词短语听上去很牵强或者不合文法的时候,尝试一下别的动词吧。

3. 选择五个你感兴趣的主题,并给每个都写出一个主旨陈述。要确保写出的每一个都包含格式要求的所有三大要素。

主　题　→　基本动作
目的句

提示! 这个练习看上去很简单,但简单本身极具欺骗性。它确实可以促使你发挥自己的想象力,去完成五个各不相同的主旨陈述。

Chapter 4
动 作

ACTION

      戏剧深深扎根于人类的精神世界。事实上,我们至今还不确定它是如何萌生的。也许这一切就发生在人类历史的初期——某个强壮的猎人,正在为自己刚刚捕杀了猎物而感到骄傲,他站在自己的部落前,向所有人证明他的成就。

      人类并非是这个星球上唯一喜欢展示自己的生物。其实很多物种都能通过行为来发出各种信号,或表达对配偶的欲求,或用来巩固彼此的关系,或用来解决发生的冲突。然而就现在已知的情况来看,我们却是唯一能装扮成种群中的其他成员,并且通过演绎故事来建立起我们和观众之间联系的动物。事实上,我们这种"炫耀"的内在倾向,已经被发展成了人类最为高级的艺术形式中的一种。纵观古今中外、世界各地,你会发现这种一些人在表演故事,其他人驻足观赏的形式一直延续了下来。而且在原始文化中,戏剧最初是作为一种宗教仪式出现的。

      人类为了纪念重大事件而创造了各种仪式。人们会在仪式上穿着特别的服装,戴着面具或是将某种图案画在脸上,按照某种固定的模式行动,拿着特殊的器具,说着一些特定的语言。当然了,古代的巫师们有各种办法来向观看者灌输对神灵的敬畏,进而控制他们。时至今日,当我们中的任何人去参加一场婚礼,去为新生儿庆生,或者在葬礼上表达对死者的敬意时,我们依然会感受到这种充满了仪式感的戏剧艺术。

随着仪式的不断发展,人们将一些语言和动作记录下来,这样他们就可以在以后的仪式中重复使用。渐渐地,一些简单的朗诵开始与对话和动作相结合。特定的角色开始出现,并固定参与仪式中的某个部分。从这个意义上说,戏剧诞生了。与此同时,那些剧作家们也发现,生意找上门了。

"戏剧"(drama)这个词语源于古希腊词"draein",意为"去表演,去做"。写作的出现使得戏剧能被记录下来,这样它就可以被不断重演和流传开去。但是请记住一点,戏剧并不同于文学。在现代文化中,人们总是试图将戏剧看做文学,不幸的是,很多刚入门的作者也将戏剧当做文学一样来学习。事实上,戏剧和文学是两种完全不同的艺术形式,它们有着完全不同的要求和目的。那些短篇小说和长篇小说中描述性的文字只是起到一个讲述故事的作用,然而**戏剧是将故事表演出来**(Drama is Story-DOING)。

正如我们前面提到的那样,文学作者们写作短篇小说和长篇小说,其目的是供人们坐下来悠闲地阅读它们。但是我们写作剧本的目的却在于将其表演出来:

- 通过演员来塑造剧中的所有人物。
- 通过戏剧性的动作和冲突来展现一个故事。
- 在舞台上。(对于电影或电视来说,银幕或屏幕就是其舞台)
- 为那些聚集起来观看演出的观众表演。

什么是一部戏最为重要的方面?**情感上的联系**(emotional connection)。一部具有"**普遍性吸引力**"(universal appeal)的电影将会把片中人物的经历与观众在生活中的感受联系起来。这会让观众密切关注片中的人物以及将会在他们身上发生的一切。要想获得这种情感上的联系,最好的方法就是去研究人类的心理。我们的生物钟,我们对于爱如何反应,我们解决(或无法解决)压力的方法——人类心理的所有方面,都会为剧作者提供很多珍贵的写作素材。

因而,一个好的剧作家,应该始终对人性充满了求知欲。尽管你不必去接受一些非常正规的训练,但大学里的那些诸如心理学、如何处理冲突的课程还是会对你有很大的帮助。当然,最好的方法是你能够坚持记录下你所知道的一切。你没有必要去亲身经历那些事情,但是其中的情感体验却是你应该了解的。

在情感的层次上,所有的人类都享有相同的感受。爱、欢乐、仇恨、悲伤、怜悯、害怕等,这些情感对于这个星球上的每个人而言都是再正常不过的感受。然而其中的区别就在于:

- 具体的环境(即各种情感产生时的外在环境)各不相同。
- 人们感受到的情感的强烈程度不同。
- 各种情感所可能引发的行为也各不相同。

例如,在《宇宙大灌篮》(*Space Jam*, 1996)中,迈克尔·乔丹想要赢得一场不同寻常的比赛,黛米·摩尔在《伴我雄心》(*G. I. Jane*, 1997)中扮演的乔丹·奥尼尔中尉也同样想赢得最终的胜利。从篮球训练到海军陆战队的训练,这的确是一个不小的跳跃,它们的情节所给定的环境,相对而言也是与我们的生活相脱离的。然而,它们的追求胜利的主题以及蕴含的内在情感却是相同的。

一般说来,特定的环境会引发特定的情感。风险越大,赌注越高,引发的感受就会越强烈。比如说,你或许会觉得与朋友们在体育馆的球场上投篮是件很有挑战性的事情,但迈克尔·乔丹的整个职业生涯都在经历着更困难、更疯狂的比赛;也许你正在为能通过考试而努力奋斗,但奥尼尔中尉却必须用她的整个生命作为赌注。

其实在所有这些情况中,你和那些剧中的人物所拥有的情感是完全一致的。只要你曾经爱过某人或某事,那你就明白爱的滋味究竟为何;只要你曾经做过噩梦,那你就知道害怕的感觉是什么样的;只要你曾经为某事感到高兴,那你就理解什么叫做欢乐;只要你曾经被萦绕在周围的苍蝇惹恼,以至于拿起手边的东西猛拍过去,那你就能从中体会到一点杀人的感觉。请牢记你自己的亲身感受,然后将它们投射到那些生活在你所创造的世界中的人物的身上去吧!

事实上,你也可以将这一原则向其他的方面扩展。当你安顿好一切,正准备享受一个甜美舒适的午觉时,电话铃声突然响起,这时你的感受如何呢?你所在环境中的一丁点的改变都会对你的整个内心情绪产生影响。同样,如果得不到胜利,你输了,情况会如何呢?如果在《宇宙大灌篮》中,迈克尔·乔丹输掉了比赛会怎样呢?在经历了那么多的苦难之后,如果奥尼尔中尉依然无法获得晋升,又会怎样呢?现在你可以想象一下,如果你改变了他们周围的环境,你的人物们会有什么样的感受?考虑一下,这会给你写出的动作带来什么样的不同呢?

下一步,我们需要考虑一下,其他人对于你的感受的反应如何。如果一阵电话铃声将你从午睡中吵醒,你的行为将会对你的妻子(或丈夫)、你的父母、你的孩子或你的邻居产生多大影响?用同一类型的问题,来问问你所创造的人物。如果迈克尔·乔丹投失了关键的一球,感到非常失望,心情沮丧,那么兔八哥和达菲鸭会有什么样的感受呢?如果奥尼尔中尉最终因为失败而痛哭,那么那些海军陆战队队员们将会经历什么样的情感呢?

情 感 → 动 作(行为) → 反 应

这一模式对于所有剧本中的所有人物来说都是适用的。你从一种感受入手(需求、愿望、欲望),通过人物的动作(行为)来将此感受表达出来,进而写出其他人物对此作何反应。

4.1 理解戏剧性动作

让我们再次引用弗朗西斯·霍奇的话:"戏剧性动作就是剧中不同力量的冲撞,即角色之间持续的相互冲突。"他强调了戏剧性的动作永远发生在一般现在时态,"参与者应该总是处于'我现在做了什么'而不是'我曾经做过什么'的状态之中"。这是一个至关重要的事实,不论场景、地点或时代如何转变,从亚瑟王到柯克船长,所有角色的行为都发生在当下,一切都发生在观众面前。

尽管如此,对剧作家而言,"**动作**"(action)这个词却是非常具有迷惑性的。在现代英语中,人们总是将动作看做是行动一词的同义词,但是在戏剧之中,它们却代表着完全不同的含义。在戏剧里,动作意味着人类的行为,包括激发他们行为的潜在的欲望、需求以及要求,而行动则是完全不同的意思,它表达的是一种形体上的含义,是角色在表达他们的欲望、需求以及要求。

当我口渴的时候,我会有所感觉。口渴就是我当下的状态,它使我想要或者需要去喝一杯水。它激励我去**做**(do)出一个行动。所以我走向饮水机,然而……

当我来到那里的时候,却发现前面正站着一个拿着点45口径自动手枪的家伙,他对我说:"小姐,别靠近我的饮水机。"我所做的事情引发了其他人的反应。现在我们就有了一个**戏剧动作**(drama action)。

不仅如此,我们之间的两股力量也正在彼此冲撞,我们正处于一场冲突之中。我想要喝水,而这个拿着枪的家伙却阻止我喝水,那么此时我该怎么做呢?

如果我只是简单地吓得发抖,那么这是一个行动;如果那个家伙只是举着他的枪,那么这也是一个行动。这是一种相持的、被动的、静止的状态。要让戏剧性的动作持续并向前发展,我们中的一方就必须做出一个迫使对方产生回应的决定。如果我说:

- "哦,对不起,可以让我喝口水吗?"
- "哦,对不起。"然后我闪身离开,找到一个电话亭,打电话叫警察来解决。
- "哦,对不起。"然后我抽出我的点45自动手枪,开枪将他打死。

面对同一种情况,我们就有这样三种可能的决定。每一种都存在或者结束冲突或者加剧冲突的潜在可能性。

如果我放弃喝水的打算,转身离开——又或者那个家伙闪到一旁让我喝水——冲突就结束了。在戏剧中,当冲突被解决的时候,也就到了故事结尾的时候。要让戏剧性动作——也要让我的故事——持续下去,我必须让冲突能够持续下去。例如在上面提到的情节中,我可以举起手中的杯子朝那个家伙的脸上砸去,这绝对可以获得对方的回应。

当然也存在另外一种选择,那就是用一个已经解决了的冲突来作为跳板,借此过渡到一个新的冲突。那当然会发生在我用枪击毙了那个家伙之后(因为这会将我抛进与很多新人物的冲突中去)。

你的角色对其他人做了些什么,这也是戏剧性动作。在他们做这些事情的时候,他们希望获得一些不同的东西,这就会将他们抛进冲突之中。冲突可以不断升级(在戏剧中,这叫做**增加张力**〔rising tension〕),冲突也可以结束。作为作者,你拥有选择权。

行动和动作

你是否注意到,编剧新手们经常会把一些人物的动作都写入剧本中,因为他们认为角色应该是非常忙碌的。但现在,你已经知道这样做是错误的。角色的每一个行为都需要有其含义和目的。总之,一定要使动作有意义,即使当一个行为的潜在逻辑是非常令人费解的,其意义也一定存在。

在《虎豹小霸王》(*Butch Cassidy and the Sundance Kid*,1969)一片中,圣丹斯突然袭击了学校里的女士埃塔·普莱斯。他用枪指着她,要她脱去身上的衣服。我们以为自己正在目睹一个歹徒即将犯强奸罪的场面,然而,随着他的逐步靠近:

> **埃塔**
> 你知道我想要什么吗?
>
> **圣丹斯**
> 什么?
>
> **埃塔**
> 下次你能按时来。

此时,他们的行动产生了完全不同的含义和目的。然而,他们的行为却依然有意义,其潜在的逻辑性是存在的。编剧威廉姆·高德曼不仅知道他的人物以前做过什么,而且对于他们为什么那么做也同样了如指掌。你也应该这样对待你的剧本。

如果连你自己都不能明白一个行动的目的,你的观众们就更会糊涂了，这样在你创造的这座戏剧的花园中，有的只是杂草丛生。

4.2 设计戏剧性动作

好了，你已经理解了戏剧性动作。它是指人们通过行动而彼此影响，是各种力量之间的冲撞，也是持续的冲突。同样，你对于"什么是冲突"这一问题也略知一二了。然而在戏剧中，一个故事是依靠冲突来向前发展的，因此我们必须对于冲突有一个更深层次的了解。

一般说来，**冲突**（conflict）就是未获得解决的戏剧性动作。一个角色想要某种东西，而另一个角色却想要另外一种东西，当然这并不是说他们应该对彼此喊叫、咒骂或是动手打架（那将是一场激烈的冲突）。这仅仅是为了表明他们有着**彼此对立的观点**而已。

戏剧性动作应该是相互作用的。它由两个方面组成：动作和反应。一个角色的行动促使另一个角色作出反应。当一个角色反对另一个的时候，他们就处于冲突之中。比如说：

> **干扰事件：**我的狗跑了出来，并把你的猫赶上了树。
>
> 你敲我的门。（动作的一半）
>
> 我打开门。（动作的另一半）
>
> 你说我的狗跑出来了。（动作的一半）
>
> 我拒绝去把它抓回来。（动作的另一半）

让我们来分析一下这个滑稽的场景，其实你已经成了这其中的主角。你引导着整个动作（你敲我的门），我是你的对手。你的行为促使我作出了反应（我打开门）。你要我去把狗抓回来，我拒绝了。我们就处于冲突之中了。

如果我们停在这里——我去把狗抓了回来，然后你转身回家——我们的问题就得到了解决，冲突就此结束了。但是如果我猛地关上了门，而你打电话叫来了你的律师，情况又会如何呢？

你的每一次行动都促使我作出反应，并且加以对抗，而不是寻求一种

"解决"方法,冲突就此不断升级。这种行为的"多米诺效应"迫使角色之间相互碰撞,同时推动着剧情不断向前发展。

提示! 正如前文所提到的那样,冲突并不一定要是暴力的。有时候它也是被动的,这就是我所说的"消极的(隐性的)"冲突。一个角色什么也没有做,但是他的"不作为"却可能会促使其他人作出反应。(在影片《二见钟情》〔*While You Were Sleeping*,1995〕中,主人公在大多数情况下都处于无意识的状态。他的无所事事便让其他角色开始互相影响。)

将思想转换为行动

你是如何分辨状态和行为之间的区别的?如果你的剧本倾向于对状态的描述,你该如何将其转换为行为的模式呢?这其实非常简单,换一下动词,一切都能搞定!

让我们用"我很难过"这句话来做例子。这些词语描述了我此时存在的一种现实状态,我过去的一些经历使我现在感到很难过。动作发生在以前,而并非发生在当下。当说出"我很难过"的时候,我只是默默地坐在这里。处于一种静止的状态之中,也许正在等着心中的伤痛离我而去。然而在这种情形下,周围的其他人又该如何对我作出回应呢?

除非有超能力,否则他们无能为力。如果我想要其他人参与到其中来,我就必须通过身体上的行动,来将心中的伤害表达出来。我必须将我此时的心理状态,转换成其他人可以看到的行为状态。因此,我问我自己:"我该如何**表现**难过?"

我可以痛哭。

哭泣是一种其他人可见的外在行为。当我的儿子看到我流下眼泪的时候,他一定会有所行动以作为回应。他或许会安慰我,又或许会取笑我。但无论如何,我们将会有一个行为上的交换。这里还有一些例子:

状态: 我很高兴。 我很生气。 我很害怕。
行动: 我大笑。 我咆哮。 我颤抖。

一个将内在状态转换为外在行动的角色,就成为动作的实施者。当你将状态转换为行动的时候，你就成了动作的创造者。为了能帮你更轻松地完成这种转换，建议你试试"**神奇的如果**"（the "Magic-If"）和"**角色扮演**"（try role-playing）的方法。

- 将你自己放在剧中角色的位置上，然后将这样一句话补充完整："我想要……"
- 陈述一下你作为剧中角色想采取什么样的行动。
- 说出剧中的第二个角色的名字，他将会接收到你的动作并作出反应。

这听上去是不是有点像是在构建一个主旨陈述中的目的句？总之，你一定要尽力使其简单而又直接。

假如你剧中的角色叫做简，一个十几岁的小女孩，她正在生她哥哥约翰的气（她此时的状态）。你给她的一句话可能是："我想狠狠地扇约翰一巴掌。"（将状态转换为行动）。而约翰此时就来到了一个必须作出回应的十字路口。

简想要扇约翰耳光的事实，告诉了我们她是什么样的一个人。同样，约翰对于简的袭击所作出的反应，也会告诉我们他的情况。因此，你作为作者，一定要多加小心。当你将状态转换为行动，选择具体的动作的时候，你正在为你的角色做着至关重要的决定。

现在我们来看看约翰的情况，他心中的那句话也许是："我要赶紧躲闪然后立刻逃跑。"或者是："我要用力推开我妹妹。"甚至可能是："我要上前紧紧地拥抱着她，让她慢慢平静下来。"通过他的行为，观众将会对约翰是一个什么样的人作出判断。这其实是剧本写作中非常有创造性的部分。你的选择将会决定观众如何看待你的角色以及整个故事的进展方向，因此你一定要做出对二者来说都最为合适的选择。

如果约翰还手了，那么你将有一个与约翰紧紧拥抱妹妹完全不同的故事。你一定要自问："我究竟想让观众感受什么？我想要他们作出什么样的反应？"

好，如果你是约翰，决定说："我要赶紧躲闪然后立刻逃跑。"于是他真的躲开简，夺门而出了。那么接下来将会发生什么呢？让我们再将目光投向简的身上,她会冲着约翰大声吼叫,还是立刻追出去,或者坐下来开始伤心地哭泣?

如果你有了一个顺畅的开头,但你的剧本渐渐停滞下来,开始变得沉闷,这也许意味着你的角色陷入了内在的状态,而不是处在行动之中。那么你应该采用这个"我想要……"的练习,它会使你的人物和故事走出困境,重新迈开前进的步伐。

最奏效的检验

一定要时刻坚持使用"画面检验"的方法。一个画面真的比千言万语的描述还要奏效。所以,你要学会问问自己:我能用画面来表达我剧本中的一切吗?

比如说,"她在想,要是将这个约会定在昨天就好了"。你该如何用画面来表达它呢?对不起,你做不到。"他的心快速地跳着。"你能用画面来表达快速跳跃的心吗?不,你做不到。

再想想幼儿园里的儿歌:"玛丽,玛丽,你真叛逆。"你可以通过一个画面看出玛丽的叛逆吗?当然不行。叛逆只是一种特征状态。玛丽可以看上去很骄傲,抑或是很愤怒,但单独的一幅画面却无法揭示出她的叛逆。

提示! 将玛丽的行动展现出来。写一个场景,其中玛丽雇了一名刺客去暗杀伊丽莎白一世。(这才叫叛逆!)

放松一下

我们来看看下面的这些儿歌。假设其中提到的事物都是有人物性格的,你是否能从中看到戏剧性动作?如果不能,请你试着重新修改一下,使其具有戏剧性动作。发挥你的想象力吧!

(1)杰克和吉尔走上山/为了打一桶水/杰克摔倒在地/弄坏了头上的花环/吉尔跟着也摔倒了。

(2)天上的星星亮晶晶/我多么想看清你的模样/高高在上/离这个世界这么远/好似一颗砖石镶嵌在夜空。

(3)嗨,美酒,美酒/小猫与提琴/母牛纵身跃过了月亮/小狗看到了放声大笑/盘子连忙带着勺子跑开。

（4）热的豌豆粥/凉的豌豆粥/罐子里的豌豆粥/已有九天的时光。

（5）美国傻子刚进城/骑着一匹小木马/插根羽毛在帽上/将其称为通心粉。

（6）杰克不愿意吃肥肉/他妻子不愿意吃瘦肉/所以他们两个人/可以将盘子舔得干干净净。（注意：这是一个开玩笑的儿歌。）

答案： 要想设计出戏剧性动作，这些儿歌中的动词都必须先被替换为一般现在时。接下来，我们可以检查一下它们的及物动词及其直接宾语。然后，我们可以作出如下结论：

（1）是的，这里有戏剧性动作，假如我们设想杰克摔倒了，使得吉尔也摔倒了的话。（多米诺效应）

（2）不，这里不存在角色。要想使这首儿歌具有戏剧性，你需要一个宇航员指着星星，然后另一个人说："哇，那不就是某某行星嘛！"

（3）是的，如果这些家畜都具备人物性格的话，这就为一部肥皂剧准备了足够多的戏剧性动作。

（4）不，要想将这首豌豆粥之歌改得具有戏剧性动作，完全是不可能的。

（5）不，这个美国傻子已经有了太多的行动了，但这里却没有来自其他角色的回应。当然了，如果小木马可以讲话的话，也许情况会有所不同。

（6）是的，这其实是一个"消极的（隐性的）"动作的例子。杰克不能吃的东西激发了他妻子的行动，他妻子不能吃的东西激发了他的行动。在他们之间，那盘烤肉就这样消失了。

4.3 讲出故事和演出故事

很久以前，我们就开始对讲故事的艺术着迷。我喜欢听父母、老师或者露营时的辅导员来为我们描述那些魅力四射的角色以及那些引人入胜的事情。从走进学校开始，我们就去学着写一些叙述性的散文，用语句来解释或者描述周围的一切事情。我们学会了单词表上的那些形容词和副词（那些用来描述和解释词语的词语)。当我们开始对剧作产生兴趣的时候,我们又总是听人说道:"你一定要成为一个好的故事讲述者。"我们自以为已经对剧作了如指掌,然后我们满怀信心地将写好的剧本寄出去,他们却反馈回来这样的信息:"这读上去很像一部小说。将故事展示出来,而不是讲述出来。"对此我们只能沮丧地挠着头。

好,让我们看看下面的例子:

讲述故事(storytelling):她伸出她的右手,抓住对手的左胳膊,迅速抬起她的右腿,这样她的右脚就碰到了他的左腿上部。

演出故事(story-doing):她抓住了他,然后猛击他的腹股沟。

现在你看出二者的区别了吗?初出茅庐的剧作者经常让他的角色们去描述和解释事件,而不是让他们去做动作。要想摆脱这种讲述故事的模式,进入到演出故事的境界,那就意味着要改变我们写作时的思维方式。

然而临近结尾,我还是要再次提醒你,**背景故事**(backstory)是一个非常重要和关键的环节。因此,同学们,举起你们的右手,跟着我来说:"我以我的荣誉保证,我会尽我最大的努力来以一个干扰事件作为开始。"因为,一个出色的、强有力的干扰事件就是你获得成功的钥匙。

4.4 令人沮丧的背景故事

当然,你需要制定一个计划。对于你的角色们,你除了知道他们的名字之外,还需要了解更多的东西。这就是你所有的研究要关注的焦点。要知道,事先提供出一些背景信息和写下那些在镜头之外发生在动作开始之前的干扰事件,两者是完全不同的。

这些发生在镜头之外的事件也可以被称为**预设情节**(antecedent action),它包括对你的角色过去糟糕的日常生活的描述和说明。它们总是凑近你,告诉你关于某人的真相其实是怎样的。有些作者认为这种对于事实的叙述可以"构建"出一个剧本。大错特错!这只会毁了一个剧本。这完全是叙述性的。当叙述开始的时候,动作也就被强行中断了。

事实上,也许你可以变得非常善于讲述一个故事,但永远无法学会如何去设计动作;或者你会成为你的背景故事的奴隶,你创造出的角色的行为是那么的不真实,甚至有些呆傻,你的情节设置也会同样变得索然无味。事实上,你的角色们就是故事情节。他们面临一个危机,他们开始相互产生影响。相应的,情节就从他们的行为中应运而生。

比如说,我们的主角,一个玩世不恭的宇航员,一天,他突然发现月球其实是用新鲜的奶酪做成的。如果世人实施开采,那么全球的饥饿问题就能迎刃而解了。然而所有人都对这个宇航员满腹狐疑,因为他向来游手好闲,玩世不恭。当然了,在这里还有一个邪恶的官方美食家,他想将所有的奶酪据为己有。

好了,你现在非常喜欢这个故事。你看到了影片的名字投射在了大银幕上,你的情节和计划都细致入微,你甚至能听到基努·里维斯在说出你写的对白。最后,你开始写道:

《新鲜的奶酪》

淡入:

内　联合国——日

　　联合国大会正在进行当中。在过去的一个小时里,会员国**代表们**一直在听一个叫做**达什·马斯特福**的人大放厥词。这个人站在他们面前,身穿美国宇航局的航天服,嘴里滔滔不绝。

达什
当我在月球上进行岩石样本分析的时候,
我有了一个惊人的发现。那就是一片新鲜的奶酪。

　　一阵低沉的议论在会员代表中响起。**古特克鲁特大使**在整个演说过程中都是一副鄙夷的神情,他转身面对他的**助手**。

古特克鲁特
这个达什·马斯特福!从他加入宇航局的那一天起,
他就完全是个古怪的无赖。

助手
也许我们需要打电话给霍兹将军。

借用影片《神探飞机头》(*Ace Ventura*, 1994)中的一句台词:"正中下怀!"这一段就是以背景故事开始的——在描述和解释那些发生在银幕以外的事情。动词过去式和被动语气显得那么触目惊心(会员国代表们一直在听一个叫做达什·马斯特福的人大放厥词)。我们对于达什的印象来自于其他角色对他的描述(我们应该通过他的行为来表达我们自己的结论)。角色们不停地为观众提供信息,以帮助他们"尽快入戏",然而这一场中的动作是静止的,冷冰冰的。也许下一场就会是一个闪回——很可能是达什惊叫着从梦中惊醒——这依然是在将关于他过去生活的更多的信息塞给观众们。

大卫·马梅在他的《导演功课》一书中曾说:"如果某一点让你觉得非要用叙述的方法才能表达,那么可以肯定的是,这一点对于整个故事而言,并不重要(即对于观众而言);观众想要的并不是信息,而是**故事情节**(drama)。"

对于小说家来说,观众能看到的(有时候是听到的)只是词语,所以小说家必须为观众提供信息。但你从事的是戏剧编剧,不能再去凑到观众耳边诉说真相是什么,而应该让你的角色用动作和反应来表达。不能再总是去提供那些关于过去的信息,你必须创作一些能驱使你的角色卷入冲突当中的行为。不能再试图去讲述故事,而应该去演出故事。

让我们再来试着修改一下这个剧本:

《新鲜的奶酪》

淡入:

外 月球基地——日

　　一片宁静的海洋。**达什·马斯特福**身穿美国宇航局的航天服,正在收集岩石。他将最后一个样本放入他的口袋,走向他的月球生存仓。

内 月球生存仓——日

　　达什穿着摩托夹克衫、牛仔裤,身上有文身。他将一张碟片放进 CD 唱机,莫扎特的音乐从扬声器中飘扬而出。他来到实验台前,倒出今天收集的岩石样本。其中一块是淡绿色的。他拿起来闻了闻,然后打开他的弹簧刀,切下一片放入嘴里尝尝味道。

达什
我的天哪!这是奶酪!

内　联合国——日
达什手里摇晃着一片新鲜奶酪,站在联合国各成员国代表面前。

　　　　　　达什
　　　我们可以解决世界饥饿问题!
　　　让世界获得永久的和平!

代表们发出低沉的议论声。
古特克鲁特大使一脸的鄙夷。
古特克鲁特的助手按下手机上的号码。

　　　　　　助手
　　　霍兹将军吗?请稍等,古特克鲁特大使
　　　想与您通话。

古特克鲁特接过电话

　　　　　　古特克鲁特
　　　哈维?达什·马斯特福刚刚说完。
　　　(听对方说话)
　　　对,在我办公室吧。十分钟后,
　　　带上手榴弹和火箭筒。

　　当然,这绝对不可能获得一个奥斯卡奖,但至少这个版本比以前的那个要好很多,尤其是在角色方面。从他的出场、服装,到对于音乐的品味,观众都可以推断出达什是一个不同寻常的人。没有必要让任何人来说出这一点。用及物动词的现在时态和主动语气来揭示出的人物行为,促使其他的角色作出回应(戏剧性动作)。这里很少用到形容词和副词(然而我们真的需要那么多吗?)。

　　最重要的是,尽管第二个版本和第一个版本展示的是完全一样的故事,但其中没有任何一个角色需要开口去描述或解释任何事情。

用画面来进行检验能为你写出电影剧本提供更为宽广的视野。事实上,透过镜头来观察是了解戏剧动作设置的效果最好、最快捷的方法。这个练习就是要引导你熟练掌握这些行之有效的方法。

如果你有一部摄像机,赶紧拿到手边。或者如果你有一部照相机,那也没有问题。最为简单的方法是,你甚至可以从报纸或杂志上剪下一些图片。

1. 你需要至少10种不同的镜头(画面)。确保它们中的大多数都能向人们展示正在进行的动作。可以是同一个人,但动作一定要有变化(请你千万不要拍出 10 个展示诸如路过的汽车、落日或者是无人的房间之类的镜头)。如果你用的是摄像机,请记住,一个"镜头"是从你对准你的对象、按下录制键开始,直到你关闭它为止。如果你使用的是照相机,你应该至少有 10 次快照。或者至少从 10 本不同的杂志中剪出一些图片。你可以在心中想好一个确定的场景,然后找出能与其相配合的画面。或者你也可以收集与之完全没有关系的图片,然后进行"自由组合"。

2. 将你的摄像机调到 VCR 模式或者把你拍好的照片放在桌上。我们来做一个实验,试着采用不同的顺序和组合方式,发挥你的想象力,你能想出一个什么样的故事来与这些镜头结合起来?有想法了吧?太棒了!现在……

a. 写下一句能总结出你的干扰事件的句子。

b. 写出一个完整、恰当的主旨陈述。

c. 写出一个基于已有镜头的无声电影剧本,至少应该有 4—6 页。

要保证你的故事从干扰事件开始,与你的主旨陈述紧密结合。保证你的剧本包括开端、发展和结局。

至少要有两个角色:一个主角,他引导动作的发展;一个对手,他可以接收到主角的动作并加以反抗。要展示出戏剧性动作,但是要记住……

d. 不要有对话。同样,你必须注意避免写出那种描述动作的对话段落,比如:"他告诉她自己正准备去杂货店。"(这是欺骗!)

最终目标: 让你的角色完全通过可见的画面准确地将整个故事展现出来。

不错,这个任务是一次挑战。
但这也是一次奇妙的经历。
它将带给你无穷的乐趣。

Chapter 5
结 构

STRUCTURE

主题,主旨,还有戏剧性动作,这些东西现在已经彻底地吸引了你的注意力。现在,是时候谈论一下结构了——正是它,将这所有的基本元素联系起来,使你的角色们可以在你设计的情节中合情合理地发展、变化。

似乎从亚里士多德那里,我们就已经知道,每一出戏都要具备一个开端、一个中间阶段和一个结局。然而实际情况是,这个说法绝对不像它看起来那么简单。那些长篇小说、短篇小说和散文,也许会有明显的开端、中间阶段和结局,但也可能没有。这一点并不是对描述性文字的一个硬性要求。但是对于戏剧以及电影而言,却是必需的,而且这已经成了一个让人吃惊的惯例。根据引领法国电影新浪潮运动的导演让—吕克·戈达尔(Jean Luc Godard)的说法,每一部电影都有一个开端、一个中间阶段和一个结局,然而,却没有必要按照这个顺序来展现故事。

尽管如此,作为正处于初级学习阶段的你来说,还是要尽量避免混淆,坚持传统为妙(打破常规之前,你必须先了解那些常规)。

当观看一出戏的时候,我们必须要能看到一个动作的正式开始(干扰事件引发了一个问题)。与此同时,在整个故事的中间阶段,会有一个对此后将会发生什么的提示,这就会勾起我们的好奇心。(主人公决定去解决这个问题,将他自己放置于其对手的对立面上。)

同样,在某一场戏的中间部分,会有一些关于整出戏如何结束的线索,这些线索同样能引发我们对于最终结局的好奇。这样的线索我们一般称之为**前兆**(forwards)。既然我们想知道以后将会发生些什么,我们就要耐着性子,看完这出戏余下的部分。

正是这种"动作的进程"才支撑起了你整个故事的脊梁。就好像你的骨架将你的整个身体支撑起来一样,结构能将你的整个剧本支撑起来,并且为你建立起一个整体架构,让你可以将所有的细节都添加上去。经过几个世纪的发展,这种"开端、中段和结尾"的模式已经被剧作家们称为"**三幕剧结构**"(three-act structure),然而……

如果有一部戏只有两幕,或者多达五幕呢?你会茫然失措,你会想不通——一出只有两幕或者五幕的戏剧怎么会组成三幕剧结构呢?但是,那种开端、中段和结局的三段式原则在这里仍然是适用的。不论这里存在多少个"实际的"幕,那些基本的概念是始终存在的。这仅仅是因为我们用来表达这些概念的方式总是在"变来变去"。

威廉姆·高德曼的剧本以及他所写的关于电影产业的书都是很出类拔萃的。他曾因提出了"剧本就是构建结构"的说法而名声大噪,但他也曾表示并不相信所谓的三幕剧结构。琳达·辛格完全遵循三幕剧的范例,但威廉·弗罗格却说这会使剧本变得既无聊又沉闷。这就又引发了一场围绕着高德曼的另一著名论断——"无人知晓一切"(nobody knows anything)的争论。这样看来,难怪初学者们要为之抓狂了。

从个人角度来说,我觉得"三幕剧结构"这种表述并不是很准确。相比之下,我更喜欢用"**戏剧性结构**"(dramatic structure)这个词,因为它既涵盖了创作剧本的基本元素,又不会让一些文学结构上的条条框框束缚住创作者的手脚。一个剧本到底是有三幕还是五幕真的无关紧要,那些投资人想要在一份剧本说明中看到的东西无非是:

- 一个开端,一个中间阶段和一个结局。
- 一个能展开整个故事的干扰事件(一个引起观众兴趣的"钩子"或是戏剧性的事件)。

- 一个处于主人公及其对手之间的核心冲突。

即使对于最好的剧作家而言,结构也是变化无常的。一个剧本也许在第一幕的一开始有一个具备强烈吸引力的"钩子",但到最后却变得支离破碎。也许另一个剧本拥有一个令人震撼的中间点,但在结尾却草草收场。毕竟,创造力并不是一门精确的科学,人类也并不是机器。千万不要费尽心机,为了去追求那些好的戏剧性结构而把我们自己变成了写作的机器。所谓的结构,其实只是为我们提供了一个发射架,来帮助我们的剧本一飞冲天。

5.1 剧本的长度

在舞台戏剧中,幕与幕之间存在一个短暂的间隙。大幕会缓缓拉上,观众们走出剧场稍事休息。剧作家们知道,他们必须在每一幕的结尾处留一个"扣"或者安置一个"包袱",来将观众吸引住,使他们还想在休息时间之后返回剧场,继续将整个戏看完。

然而,电影却没有幕间休息的间隙。事实上,观众们离开电影院是我们最不想看到的事情!如果我们想让观众在放映整个电影的两个小时里都坐在他们的座位上的话,就需要在合适的地方安置上各种"扣"和"包袱"。换句话说,我们虽然没有幕间休息,但我们却要保留幕之间的那些"钩子",我们称之为**转折点**(turning points)或**情节点**(plot points)。这些点应该出现在哪里是一个很关键的问题,而它们的位置则取决于你的剧本一共有多少页。

很多年以来,行业内对于电影剧本长度设定的标准为 120 页,从时间概念上讲大概就是两个小时的时长。而现在,却存在一个向着稍短一点的剧本发展的趋势——100—110 页的剧本。当然,幕之间的停顿以及相关的转折点是必须存在的,这些都必须在最适合的时间、最恰当的地点发生。在戏剧舞台上,各个幕持续的时间大致相同,这一点的好处在于我们可以将休息的间隙平均地安置在其中。然而,在电影中,情况发生了变化。一般的惯例是:剧本的 25% 为第一幕,50% 是第二幕,剩下的 25% 是第三幕。因此,一个 100 页的剧本应该大致划分为：

> 第一幕：25 页（转折点在 20—25 页之间）
> 第二幕：50 页（转折点在 80 页—85 页之间）
> 第三幕：25 页（转折点在 100 页—105 页之间）

有些人忙着计算页数，盘算着如转折点之类发生的重要时刻该安置在哪里才好，这反而为自己的剧本写作设置了障碍。其实，那些对于页数的大致估算只能作为一个指导，来帮助你控制整个故事的节奏，使其能够平稳地向前推进（而并不是说让激动人心的情节和冗长乏味的内容交替出现）。

5.2 转折点的探戈

当你写完了精彩而又引人入胜的第一幕时，你心里会想：现在呢？我该如何让这一状态持续下去呢？事实上，此时的你需要的是第一幕的转折点。如果你写出了一个恰当的转折点，它会使你的故事更加精彩，并会顺畅地将人物推向第二幕；而如果你没法设计好这个转折点，你的故事就会变得磕磕绊绊，剧中的人物就好像是失去了节奏的舞者，虽然竭尽全力想找回音乐的节奏，但永远无法如愿以偿。

然而，到底什么是转折点呢？在课堂上，我也曾多次陷入迷惑之中，我以为我已经作出了满意的回答，但事后才发现，我告诉学生们的，其实只是转折点的作用而已。那么究竟什么才是转折点呢？就在最近，我的一名学生随口说出的话启发了我："转折点不就是另外一个干扰事件吗？"

谢天谢地！为什么我没有想到这一点呢？

虽然剧本中第一个干扰事件是至关重要的，但你此后的情节需要有更多的干扰事件。不停出现的挑战和不断做出的决定赋予了你的剧本勃勃生机。你的第一个干扰事件是你的第一个攻击点——你吸引观众注意力的第一次机会。从严格意义上来说，你要用大概 5—10 页来构建这次危机。然而如果你将这一危机设置在第一页上，一定会赢得绝大多数制片人的欢心。

你的下一个重要的干扰事件,即第一幕的转折点,将会给主角带来一个新的挑战,并引导故事进入第二幕。在这里,主角应该面临更大的危险,同时其对抗者也会获得继续与其对抗的新的驱动力。第二幕的转折点将驱使角色走向冲突的最终解决,而这一切将会发生在第三幕中。

让我们来分析一下电影《接触未来》(Contact,1997)。一名科学家有了一个非常重要的科学发现,但因为经费预算的问题而无法完成它。她接受了这个挑战,决定去筹集足够的资金来继续试验。但在第一幕的结尾处,她的竞争对手却剽窃了她的研究成果。这又是一个挑战,于是她诚实而公平地与竞争者展开竞争,她的竞争者通过谎言和欺骗获得了胜利,整个事情看上去变得毫无希望了。她只得以一个旁观者的身份看着她的对手准备着她当初想要完成的试验。在第二幕的结尾处,一个先前在技术上引起过担忧的灾难发生了,这又为科学家夺回自己的地位打开了一扇门。

干扰事件会引发巨大的混乱,同样,情节发展中的突然转向和曲折变化构成了强有力的转折点。然而,我们也没有必要不停地把观众摇来晃去。有时候,转折点是很简单的,甚至是可预见的。在那种情况下,你的角色们如何应对和处理将成为你剧情发展动力的首要来源。

在影片《弹簧刀》(Sling Blade,1996)中,我能很清晰地感受到故事是如何发展的,转折点也如我预料的一样如期发生。而且干扰事件也的确给了卡尔新的挑战。如果他选择了逃避,拒绝处理这些事件,那么整个故事也就完蛋了。然而在片中,卡尔直面那些时刻,作出决定,永远改变了他自己以及其他角色的命运。这个故事之所以不会枯燥乏味,就是因为这是一个"可预见的"故事,那些转折点迫使卡尔作出了一个又一个决定,而这些决定又都是卡尔自己——和我们——都希望他能避免的。

在喜剧中,道理也是一样的。我们可以预见转折点的发生,却也不会使剧情变得枯燥。影片《情话童真》(Ever After,1998)是现代版的《灰姑娘》。我们在观看这样一部经典又充满童趣的影片时,如果影片在情节设置上与原版本偏离得太远,我们一定会心生不悦。因此,就需要将转折点安置在那些观众熟悉的时间和地点上。当然,这部影片也证明了即使是被广为流传的老故事,只要处理得好,也一样能给人带来惊喜。

在原来的童话故事里,灰姑娘是一个可爱、害羞又受人欺负的女孩,而在这部电影中的辛迪,却是一个热心肠、聪明又好斗的女孩。该片中的"王子",当然是非常英俊的,只不过多了些游手好闲的习气。片中的环境也许是和原版故事一模一样的,但新的人物性格以及他们的戏剧性动作却能极大地引起我们的兴趣。

为了能帮助你更清晰地看到转折点的巨大功效,请想想跳舞的情景吧。音乐响起,你与你的爱侣摇摆起来。然后——在聚光灯的闪烁之中——《大河之舞》中的迈克尔·弗拉特利(Michael Flatley)出场了。①

如果你是一位女士,你是愿意与迈克尔一起旋转舞动,还是会从他快速旋转的轨道中抽身,回到你的爱侣身边呢?如果你是被抢走舞伴的男士,你是会冒着被迈克尔那有如机关枪一样的舞步踩伤的危险,上前去夺回你的舞伴,还是会去插入另外一对舞伴中,抢来一个新的搭档呢?

任何的决定或者选择都掌握在你的手中,或者说都在你的脚下,该怎么选完全取决于你自己的观点。无论你作出了什么样的选择,你的生命……你的舞蹈……都将会被永远彻底地改变。

一个好的转折点也具有相同的作用。

5.3 运用这些原则

在第一幕中,前 5 页是你的开端,在这一部分中:

- 你的人物必须出场。(人们正登上一个热气球,计划乘坐它飞跃加利福尼亚的葡萄酒村庄。)
- 一个干扰事件发生了。(驾驶热气球的飞行员有心脏病。)
- 一个问题产生了。(气球很可能会出事。)

在下面的 10 页里,你开始设置你的戏剧动作:

---

① 迈克尔·弗拉特利,美国著名舞蹈家,有"踢踏舞王"美誉。以出演大型舞剧《大河之舞》闻名国际。——译者注

- 主角决定去解决问题。(玛丽安,一个图书管理员,她曾经读过有关热气球的书,能够控制丙烷燃烧机。)
- 对手接受了这个行动并开始反抗。(乔治,一个律师,坚持认为让一个没有飞行执照的女图书管理员来驾驶热气球是非法的。)

下一步,在20—25页之间,你要写下你第一幕的转折点。你的主角遇到了一个新的干扰事件——一个"包袱"或者一个"扣"——使得:

- 角色和故事朝向不同的方向发展。(一股气流吹灭了丙烷火焰,并将气球朝太平洋吹去。)
- 增加角色遇到的风险,尤其是主角的。(气球在急剧下降。)
- 迫使主角做出进一步的行动。(在所有的游客变得惊惶失措之前,玛丽安锁定了一个小岛的沙滩,并将热气球降落在了上面。)

现在你的角色们有了一个新的环境和各种新问题要去面对,这也意味着你的主角将会有更大的问题要去解决。好戏还在后面!

5.4 第二幕转折点

虽然我并不提倡这一点,但你的第一幕转折点可以处理得相对"温和"一点。但是第二幕的转折点,却应该是戏剧性的最高潮阶段,应该形成整部电影最为紧张的关键时刻。因此,你的第二幕转折点就需要很有"魅力",成为全剧中的关键时刻。有些第二幕转折点采取的是一种"真相大白"的方式,主角处理了生活中那些他/她害怕或者不愿意去面对的问题。同样,"峰回路转型"也很普遍,比如在惊悚片中,主角发现当初的头号嫌疑对象并不是真正的凶手,与此同时,真正的凶手正手握匕首埋伏在一旁。

在第二幕转折点的另一种类型里,主角似乎是被击败了,他/她输掉了一切,感到孤独无助。然而,某些事情却驱使主角要采取行动。在任何情况下,第二幕的转折点都应该为主角提供影片开始以来最大的风险。当然,使一个人命悬一线可以说是某种终极的危险了。

再次需要提醒你的是,转折点的位置非常重要。的确,有些编剧会花费更多的时间来构建转折点。然而,第一幕的转折点发生得过早或者过晚,几乎毫无疑问地会为第二幕的发展制造麻烦。一旦发生问题,可怕的"多米诺效应"将会在你的戏剧性素材中蔓延开去。一旦一个剧本中的某一部分发生了错误,其他所有的部分都会受到影响。这就是计算剧本每一部分的页数很重要的原因。不,你当然没必要一定要将你的第一幕转折点恰好安置在剧本的20—25页之间,但如果你写了30页却还没有出现第一幕的转折点,那么你的剧本肯定是出问题了。

5.5 戏剧性前提

有一种很好的方法,可以用来检验你的剧本是否拥有很扎实的戏剧性结构,那就是写出一个**戏剧性前提**(dramatic premise)。这是由主旨陈述发展而来的,前提就是一种工具,通过它,你可以用清晰而且简明的方式来将故事的逻辑发展过程表述清楚。如果说主旨陈述侧重于表达人们的欲望、需求以及驱动人物的行为,那么前提则侧重于表达人们的戏剧性动作是如何驱动情节发展的。写出一个戏剧性前提最简单的方法,是用下面的这三个简单的句子:

- 第一行总结主要的干扰事件、推动情节发展的危机是什么。你的主旨陈述中的目的句可以作为这一步中合理而又强有力的基础。

- 第二行总结出第一幕的转折点,即它与第二幕衔接的"钩子"是什么。它使得冲突更加激烈,形成戏剧张力,并促使角色和故事进入第二幕。

- 第三行总结出第二幕的转折点,即它与第三幕衔接的"钩子"是什么。这里要展示出主角将会面对的最为复杂、困难的情境。

通过罗列出你的主角所经历的最重要的挑战和决定,戏剧性前提可以帮助你完成你的剧本大纲。它也能不断提醒你:你的主角究竟要解决哪些问题。琳达·辛格就将这一方面称为"提出核心问题"（raising the central question）。

丹麦王子哈姆雷特，遇到了一个自称是他被谋杀了的父亲的灵魂，灵魂告诉哈姆雷特，造成这一切的罪魁祸首，其实就是他的叔叔，现在的国王克劳迪厄斯。（核心问题：哈姆雷特会杀了国王吗？）

哈姆雷特为了能光明正大地复仇，雇了一些演员当着国王的面表演了那次"谋杀"，这使得克劳迪厄斯发觉，是到了对付这个王子的时候了。（核心问题：哈姆雷特会杀了国王吗？）

克劳迪厄斯内心的一部分感到了愧疚，哈姆雷特准备复仇。（核心问题：哈姆雷特会杀了国王吗？）

在《哈姆雷特》中，对于这个核心问题的回答是肯定的。

让我们再试试更多的例子：

《天使之城》（*City of Angels*, 1998）

塞思，一个天使，爱上了玛吉，想与她分享生命中的一切。（塞思能和玛吉在一起吗？）

塞思出现在玛吉面前，但当玛吉意识到他是一个天使的时候，她拒绝了他。（塞思能和玛吉在一起吗？）

当得知他可以落入人间的时候，塞思变成了一个凡人，这样他就可以和玛吉在一起了（塞思能和玛吉在一起吗？）

这里的回答却是：不。

《女人香》（*Scent of a Woman*, 1992）

为了筹钱上学，一个学生接受了一份照顾一位盲人退伍军官的工作。（这个学生能帮助这位军官面对和处理现实生活中的残酷吗？）

这个学生跟着盲人开始了一次在大城市中的疯狂旅程。（这个学生能帮助这位军官面对和处理现实生活中的残酷吗？）

这次疯狂的举动使学生在学校里遇到了麻烦，这促使军官决定要帮助他。（这个学生能帮助这个军官面对和处理现实生活中的残酷吗？）

这里的回答是肯定的。

有时当你第一次试着写出这个前提的时候，其简易程度往往让人困惑。一个学生曾经谈到："《公民凯恩》所包含的内容远比'玫瑰花蕾'这个简单的词丰富得多！"这一点当然没错。但我们并不是要将整部影片的内容事无巨细地记录下来。戏剧性前提只是一个工具，它的目的在于帮助我们写出具有如下特点的情节：

    清晰   逻辑性强   简单易行

如果你可以很轻松地写出你的前提,那么你的情节设置多半就有了稳固的基础。而如果你感到很困难——尤其是当句子听上去很别扭或者很不通顺时——那么一定是哪里出了问题。也许是你在构思的过程中出现了漏洞,偏离了关注的焦点；也许是你被一个次要情节所吸引,而忽略了主要情节的构建。

5.6 前提的价值所在

你在写剧本的过程中,有时候会因为逻辑构思上的"违规操作",而使情节设置陷入困境。这时候,前提就能帮你重新回到正确的轨道上来。一旦你意识到了问题所在,重新使注意力转回到核心冲突上来的时候,你的剧本就重新焕发了活力。前提也同样能够用来对那些已经完成了的电影进行分析。更进一步而言,它能很轻易地鉴别清楚哪些情节是精彩而有力的,哪些场景拖沓且无力。

与主旨陈述结合起来,戏剧性前提可以成为你剧本情节的一个简单明了的大纲。它短小而且实用,同时又是随时可以调整的。你可以按照自己的意愿进行修改,而且只需要改动一些句子,而非很多页的内容。你还可以把一些想要记住的内容,加在这些精练的句子之间的空行上。我很喜欢将我的主旨陈述和前提写在一张纸上,这样我就会觉得心里有底了,进而可以随手记下我想到的一些细节。在下面的这个例子中,我把一些细节写进了括号里：

主旨陈述：
爱 → 理解
乔想要去理解他的妻子，苏。

干扰事件： 乔发现他的妻子苏与另外一个男人在床上。

戏剧问题： 乔是一个工作狂，虽然他很爱妻子苏，但很少有时间来陪她。

（当他发现她与另一个男人在床上的时候，乔要求苏告诉自己原因。苏说乔根本不理解自己，浪漫的感觉早已远离了他们的婚姻，她想要离婚。）

（乔意识到自己忽视了苏，他决定作出改变。）

核心问题： 乔能否真正地理解苏，并且挽回他们的关系？

第一幕转折点： 乔"绑架"了苏，并将她带到了偏远的热带某处。（盖里甘的岛，尽量要有原始的感觉。乔认为这很浪漫，但是苏很厌恶"在外面露营"，这更有力地说明了乔并不理解苏。）

第二幕转折点： 经过几天的时间，乔满耳朵都是苏的哭泣、抱怨和牢骚，最终，他认为真正的问题是她并不理解他。（现在他想要离婚。）

这是一个快速、简单而又有效的方法。如果我抛开这张纸直接动笔，其实我节省下来的，只不过是微不足道的一点时间和精力。最重要的是，这样的一张纸可以为你的发展奠定基础。代理人和制片人会问：你的剧本讲了些什么？当然他们的意思是说："这里的动作是什么？"你必须要回答。坦白地讲，他们希望你能在30秒或者更短的时间内回答他们的问题。当你有了一份主旨陈述和戏剧性前提的时候，你就知道该如何应答了。

1. 为三个不同的剧本写出完整的主旨陈述。

2. 再为每个主旨陈述写出完整的戏剧性前提。

Chapter 6
回顾前文和深入修改

REVIEW AND REWRITE

你有了灵感,进而不断努力去实践它。然而在大多数情况下,你写出的东西必须经过修改。

对剧本里那些多余的材料进行定位、删减和修改是一项很艰巨的挑战,同时也是件复杂而让人头疼的事情。有时候,那些我们一直努力遵循的文学上的修辞和语法,一时间好像突然变得一无是处。让我们来看看下面的例子:

> 外　乡下一日
> 　　这是 1663 年的初夏,荷兰殖民者们占据着美洲大陆的东海岸,今天繁华的大都市纽约。在那个时候,还仅仅是一个被称为新阿姆斯特丹的小村庄。郁郁葱葱的绿树,沿着河岸,掩映着宁静而昏暗的农庄,绵延着伸向远方。哈德森河在破晓时分的微光下显出粼粼波光,河面上倒映着暴风雨前聚集在天空中的乌云的影子。一声低沉的**闷雷**打破了这份寂静。

你希望能在一本小说中读到这样的细节描写。但是,如果你在一个剧本中读到这些,你会……
　　A.觉得这个剧本写得很好?
　　B.坚决反对?

答案当然是 B，坚决反对。这段文字属于叙述性的散文，读上去就像一部小说中的内容。同时，这里还包含了一些无法在日后被拍摄出来的元素。让我们来看看重写之后的情况：

外　乡下—日
　　一个夏日的黎明。哈德森河旁，一个荷兰殖民者的农庄。天边风起云涌，突然一声**闷雷**响起。

6.1 删减到只剩要点

　　制片人、导演还有演员们需要的是动作。而且，他们告诉我们说："要写得简洁实用！"你已经学会怎样写出动作，但是什么样的才是简洁实用的呢？而且，我们究竟如何才能在实际操作中达到这样的要求呢？

　　想要了解这一点，现在是时候去阅读一下那些已经被拍摄出来的电影剧本了，去看看那些作者是如何写得简洁实用的。但是，这些剧本很可能并没有被出版发行，所以对你来说，要找到那些已被拍摄的电影剧本是有一定困难的。剧本，归根结底只是一部电影的"蓝图"，而不是为了摆放在书架上面而作的。

　　一般而言，如果你真的找到了出版发行的电影剧本，那也很可能是经过选编的（例如《1987 年优秀电影选编》）。当你在书本里找到它们的时候，它们看上去一定与舞台剧的剧本非常相似。好的，没关系，你可以将注意力放在其内容上，但是，没有人能用这种剧本拍摄出影片。既然你的目标是将电影拍摄出来，那么你需要找到那些剧本的原稿样式。

　　最为简便快捷的方法是去因特网上寻找。一些网站诸如德鲁的剧本家园（http://www.script-o-rama.com）允许你下载一部影片的从初稿到最终拍摄剧本的所有的剧本形式。除此之外，一些剧本的初稿你还能在很多地方找到，比如在当地的图书馆里，或者在一些种类齐全的书店里……你应该毫不犹豫地去找到它们，并且认真地阅读它们。

当你阅读这些已经被拍摄出来的剧本的时候,你一定会注意到它们都是非常简洁的。莎士比亚的作品就是很好的例子(我建议你们去阅读一下《哈姆雷特》,试着去找出里面那些用来描写和解释剧情的段落)。当然,戏剧与电影相比,一般会允许出现更多的描写段落。

德鲁的剧本家园里,提供了詹姆斯·卡梅隆(James Cameron)的影片《异形Ⅱ》(Aliens,1986)的剧本初稿。卡梅隆写的剧本会给人一种小说般的感觉。一般初稿可以通过这种方式来将整个故事"充实"起来。但是,即便如此,整个剧本仍然是很简洁的,不论是动作、对话,还是视觉画面都毫无例外。即使偶尔出现一个描述性的句子,也没有任何多余的东西会被浪费在解释上。

现在你可以再看看由沃尔特·希尔和大卫·吉勒创作的《异形Ⅱ》的剧本最终稿。这一版本是用来最后拍摄的。剧本中的动作段落真的非常少:每行只有十几个词,再加上三倍行距。但是,整个故事已经呈现出来了,而且非常完整。你可以顺畅自如地体会每一个情节。然而,话又说回来,这对于一个标准的剧本而言,实在是有点过于简洁了,而且我也并不建议你们用这种方式来写你们自己的剧本。但是,这个版本的《异形Ⅱ》剧本真的非常清晰地为我们做出了示范:剧作者可以用这么少的词语,在摄影机前创作出一个完整的故事。通过对这两个版本的剧本的比较,也许你能得到一些启示,发现自己的剧本中有多少内容是可以在不损害故事的前提下被删减掉的。

6.2 远离那些官样文章

下面这些练习,可以帮助你将剧本写得更加简洁而实用:
- 在两个星期的时间里,你要强迫自己在各方面都变得简单起来。将你写出的每个句子都严格限制在 10 个甚至更少数量的词语内。排除掉那些语义雷同的句子;将那些复杂的句子拆开;删除那些连词(比如"和"、"但是"、"也是"之类的词语);注意避免使用一切可能引出一连串从句的词语;拿掉所有的形容词和副词(你会惊讶地发现,原来实际操作起来,你根本用不上这些词语)。通过这些精简化措施,你保留了一系列的及物动词——这些动词清楚地表达出了动作的概念。

- 你可以再利用一个星期的时间,看看电视上的新闻播报。你尤其应该关注的,是那些视听元素被精心筛选过的新闻故事。新闻播报人员介绍每条新闻的时间有限,所以就面临着传递"核心事实"的严格要求。接下来,随手翻阅一下报纸和杂志,随便找一张以人们之间的相互动作为主题的照片。假设你自己就是彼得·詹宁斯,来向人们报道这件事情,你需要介绍这些人物身在何处,他们是谁以及他们正在做什么。不断进行这样的练习,一直到你可以非常简单明了地叙述出你所看到的情景为止。

- 诗歌通常喜欢用比喻的方式来表达意思,而戏剧——尤其是剧本——则是用可见的画面来传递含义。事实上,正如我们已经知道的,戏剧其实是源于诗歌的。在具体的概念上,戏剧更接近于诗歌,而不是小说(在诗人、小说家和剧作家舍曼·亚历克西〔Sherman Alexie〕看来,剧本就是一首长达120页的十四行诗)。因此,你可以从一些诗歌的技巧和方法中受益匪浅,比如学习一下象征、明暗、暗喻等。然后你可以选择一部已经制作出的电影剧本来学习,在剧本中寻找一下这些诗歌的元素。

- 你可以练习用一些短语来描写一个动作段落(考虑一下,如果要求每个句子都必须有一个主语和一个动词,莎士比亚、迪伦·托马斯还有苏斯博士这些人会怎么去应对?)。当然,你也必须提高警惕,至少要保证你写出的东西符合语法要求,标点符号正确,并且符合正常的逻辑。如果你删掉了那些冠词或者人称代词(他的、她的、你的),这就会使你的作品看上去好像是一个智力发育不健全的人写出的东西,所以你一定要保留这些词语。比如下面的这个例子:

  杰拉德牵过马,绑在树上,然后双手低垂,靠近。

- 如果你手边已经有了一个写好的剧本,那你可以再从头检查一遍,删掉那些与主题毫无关系的细节。有些刚写出来的剧本读上去就好像是在记流水账一样,没有动作,只有事物,一页接着一页的事物(这会让人非常沮丧）。除非这些细节对于你的场景来说非常重要，否则千万别提这位英雄穿着一件手工编织的爱尔兰羊毛外套，也不要提及这个起居室里放置着如何简陋的家具以及一些南方风格的陈设。

- 再一次回头审视你的作品，看看你是否在重复自己或者是讲述一些众所周知的事情。已经有太多太多次，学生们在用各种不同的方式来表达着完全一样的意思，或者不停地重复使用着同一个词语，或者着力去描写那些通过角色行为已经得到了完全展示的事情。如：

> 内　洗衣房—日
> 　　帕姆正在洗衣房里叠着已经洗好了的衣服，这时候，她听到电话铃响起，她连忙跑去接电话。电话在不停地响着。她快速跑过了走廊。电话铃场又响了几声。最后，她赶到了厨房，来到了电话跟前，抓起电话听筒，上气不接下气、气喘吁吁地接起电话。
>
> 　　　　　　　　　　帕姆
> 　　　　喂？喂？喂？
> 　　电话那边无人应答。帕姆挂上了电话。
> 　　　　　　　　　　帕姆
> 　　　　没有人回答我。

上面这个例子读起来真的让人非常痛苦，然而这种剧本却又是出奇的常见。我明白你是想要让每件事情都得到清晰的描述，但是一遍又一遍地重复同样的事情真的是一件让人生厌的事情。一定要把那些你不需要，而且阅读你剧本的人也不愿意看到的词语全部删掉。让我们来试试将这个场景重写一遍：

> 内　房间—日
> 　　帕姆在洗衣房里叠着衣服。电话铃响起，帕姆飞快地跑去厨房。帕姆拿起了话筒。
> 　　　　　　　　　　帕姆
> 　　　　喂？
> 　　无人应答。帕姆挂了电话。

你觉得这些练习的效果怎么样呢？不幸的是，就好像一些作者会在剧本格式方面遇到障碍一样，很多人也非常反感这种在词语使用方面的"吝啬"。那些不会或者不可能理解精简词汇的必要性的人们也许会反对说："但是，汉森小姐，肖·塔伦提诺·科波拉的《挤压蒙大拿》里全都是对话，而且读起来像个小说。"很多同学还会把《低俗小说》作为一个"打破了常规"的剧本拿到我的面前，我对于这些情况的回应很简单：胡扯！

昆汀·塔伦蒂诺（Quentin Tarantino）很多作品的多个版本的剧本都可以在互联网上找到，其中也包括《低俗小说》。考虑到好莱坞对于原稿的宽泛定义，这些剧本也许并不是塔伦蒂诺最初努力呈现的东西，但是可以肯定的一点是，无论他的主题和人物设置是多么的另类或特别，他绝对是一个很出色的剧作者，他的剧本也非常规范和优秀。事实上，那些经常被学生们举出的"打破常规者"，其中有98%的人都具有非常扎实的剧作基本功以及很出色的编剧水平。学生们之所以会觉得他们不为方法所限，一来可能是因为学生们没有读到他们作品的剧本，二来也可能是学生们的剧作基本功还不扎实。

另外，对于那些总是提及打破常规的"大师"的人，我还想多说一句："你这是在将苹果和橘子混为一谈。"大多数投入制作的剧本都是由比较著名的编剧担纲完成的，这些人已经经过长时间的锤炼，可以很容易地将自己的剧本推销出去，在业内也建立起了良好的专业声誉。他们有很大的自由度，可以按照自己的意愿来写作剧本。

然而对于一个编剧新手而言，整个事情的操作就完全是另一回事了。新手必须写出很规范的剧本。制片人会清楚地告诉你，他们想在这个规范、标准的剧本中看到些什么。即使你很不喜欢他们的这些要求，也应该尽量去迎合并满足他们。我认为，如果你将那些忽视"规范"的人作为自己的学习榜样的话，你将会遇到很多困难，而且得不到制片人的任何同情。

现实的检验

这是一件很残酷的事情。对老板要求的误解或者拒绝，都会使我们的生活更加艰辛。我们做出一个完全不同的决定或者没有去做"他们"想要我们去做的事情,一样会使我们的努力付诸东流。你知道的,因为他们拥有权力。成千上万杰出的编剧都会完全遵从制片人、导演和代理人的意见,原因很简单,这是一个买方市场,他们并不需要我们,而我们却需要他们。当然了,当你成为威廉姆·高德曼或者罗恩·巴斯的时候,你就可以为所欲为了。但是当你还是一个初出茅庐、缺乏经验的编剧新手的时候,就一定要遵守这些基本的准则。

一部剧本形式的小说绝对不会吸引"他们"的注意力。要想让你的剧本受到关注,就一定要有戏剧冲突在其中。当你掌握了结构,选好了一个主旨,并且学会了如何写戏剧动作时,你下一步要做的事情就是要避免写那些冗长的官样文章,然后尽你所能做得更好。

1. 从你最喜欢的小说中复印至少5页的内容,用铅笔或者钢笔将其中描述性的内容全部划掉,只留下动作。(这个练习会为你敲响警钟,让你意识到我们平时有多么依赖那些描述性的语句。)

2. 随便写下至少5个简单的动作,然后对每个动作写出至少2种不同的变化来。注意每句话用词不要超过10个。比如:

动作: 苏搂着约翰,吻了他。

变化: 苏拉过约翰,嘴唇贴上去,吻了他。
　　　　苏挣扎着靠近了约翰,轻轻吻了他低垂的嘴唇。
　　　　苏挣脱出约翰的怀抱,然后抬起头,向约翰索吻。

一个亲吻的动作,可以用四种方法来写。你要用不同的动词来创造出不同的情况,当然这些情况必须简单到让演员能够很轻松地理解。

一定要倍加注意!我的一个学生做这个练习的时候,曾经让动词不变,只是不停地改变形容词和副词。不!这样就让整个练习的目的落空了。不要使用形容词和副词。

3. 找一部已经制作出来的剧本仔细阅读。找出其中你认为可以进一步修改的一段(大约5页的篇幅),然后动手重写这一段。

4. 在你的剧本中实践一下这一阶段你所学到的各种原则和方法，并尽你最大的努力去将它们处理得更好、更出色。

当你完成这些任务的时候……
恭喜你!
你已经完成剧本写作的第一个阶段的六个步骤。

Part 2
编剧：高级六步

《虎豹小霸王》(*Butch Cassidy and the Sundance Kid*, 1969)

引言：为电影写剧本

  在最初的六步里，我们主要致力于掌握一些能帮助写出剧本的基本手段。剩下的六个步骤，则主要处理如何将剧本电影化的问题，特别是针对美国传统的主流影片。基本的概念是放之四海而皆准的，而这本书也同样对其他国家的编剧有参考价值。但是为国外电影制作者写作的商业剧本所采取的处理方式与美国的略有不同。比如，一些国外电影工业会从政府那里取得电影或者电视节目的赞助资金。因此，国外的制作者更倾向于实验风格，对于那些初次写作的新手，他们比美国制片人有更大的宽容度。

  在美国市场里，当然，这个运作系统是彻底自由化的，而且商业成功是最重要的。有一次，一个制片人估测我的剧本只用花三百万美元制作，这对于好莱坞市场而言，不过是九牛一毛。"的确"，他嘟囔道，"但是你去哪里找那三百万美元呢？这是低成本制作，但还是一大笔钱啊"。

  相信我，在好莱坞，电影工业只是生意，所以其首要任务是为了赚钱。很少有一个制片人能够独当一面，为整个预算买单。大部分的制片人必须找到那些甘愿冒险花费数百万却可能会颗粒无收的投资者。找到这些人，可不是件容易的事。而且他们想要从投资中获取的东西往往千奇百怪。

  不幸的是，那些有实力投资电影的人往往对艺术一无所知，就算有所了解，他们也毫不在乎。更多的情况下，他们只是一些砸钱进去时，希望听到个响儿的商人。因此，他们考虑得更多的是保证票房回报的明星，而不是剧本的质量。但是千万不要因此而犯错，制片人、导演和演员是会考虑剧本的。既然成功是如此的来之不易，他们对既有经验又有信誉度的编剧，往往就会爱护有加。这些编剧便是你将来的竞争者，你能赢得这场既野蛮又疯狂的战争的唯一希望，便是打败他们。你必须做得像他们一样好，甚至更好。

一些制片公司，比如迪斯尼，严格地在公司体制内进行策划，只同他们熟悉的编剧合作。其他的则会通过代理人来获得材料。但是代理人往往钟情于已经小有名气的编剧。他们当中的绝大部分人都非常痛恨把时间、金钱和能力投资在发掘新编剧上。愿意同新编剧合作的代理人，很可能自己的事业也刚起步，他们对电影工业的规则一知半解，从来没有卖出去过剧本（物以类聚）。

不过，许多独立制片公司对于新手也颇感兴趣。后生未必不可畏。和医生的情况一样，新编剧必须经历某种实习阶段和训练期，干多年薪酬低得可怜甚者没有报酬的艰苦工作，直到他们有所突破。实际上，一些制片人有扶植新手的计划。如果你撞上了一个，就可以有效地加快学习进程。而无论怎样，你最好的资本便是崭新的创意和出色的剧本。

因此你必须对剧本写作的工艺十分熟悉。不得不说的是，很少有处女作能卖出去的情况。在碰到一个真正能运作成功的项目前，编剧可能会在其他项目上投入大量的时间和精力。在你开始编剧的职业生涯前，至少要写上三个剧本，最好能更多。同时，你必须对电影工业了如指掌，这样才能找到市场。为了在市场中进行有效的竞争，你的剧本必须离制作水平只有一步之遥。记住，要提交成熟的材料和能代表你最高水平的剧本。

是的，幸运之光经常在无意中照亮了某些编剧，但是这不能成为某种规则。而且这种事情，也不是每天都能发生的。即便是那些撞上了大运的幸运儿，其稿酬很可能也不靠谱。最常见的情况是，制片人会以子虚乌有的资金定下你的剧本，而自己一边拼命地找钱做电影。因此，许多首份合同经常声明，编剧将在拍摄的第一天得到报酬。这意味着，除了定金之外，你可能只有等他们开始拍电影的第一天，才能拿到属于你的钱。这个过程，可能会耗费几年时间。研究一下那些著名电影的制作过程，你会发现《外星人ET》花费了8年时间，《阿甘正传》（Forrest Gump, 1994）是10年，而《人鬼情未了》（Ghost, 1990）花了11年。对于电影而言，从剧本到银幕花费3年时间，不过是家常便饭而已。所以如果你想迅速致富，也许该考虑换份工作了。

编剧生涯如同掷骰子一般不可预知，这份职业也许会让你突然赚上一大笔钱，但你不能以此来谋生。有些编剧会因为仅仅一个剧本而成为百万富翁，但对于绝大多数编剧而言，一些定金或者是写写小歌词的报酬，可能是毕生工作的唯一回报。必须明确的是，编剧不是件轻松的活，如果你喜欢这项工作并且愿意面对挑战，欢迎你。但是，朋友，请记住，不要放弃自己的专长。

Chapter 7
第二幕

ACT TWO

一个剧本使得主角走上了改变他命运的不归之路。但是,首先,这个旅程必须在编剧的脑海里发生。

当你离开家时,你知道你的目的地,是吗?实际上,如果我们离开家,却不知道我们到底要往哪里去,这种感觉是很奇怪的。但是,有很多人在还未清晰理出故事将向何处发展的线索前,就开始迫不及待地写起剧本来。他们可能花费了数月时间,在"电影的郊区"胡闯乱撞,经常因此而迷失方向。干扰事件导致了主角必须解决的问题的发生,随着你的写作越来越靠近问题的解决,他或者她会往这个方向不断努力。因此,当你开始工作时,你需要了解你的故事情节将以何种方式终结。

就我个人而言,我经常在开始写剧本前就知道了故事的结局。有时,我甚至一动笔,就开始写最后一场戏。作为某种规则,尤其是在第二幕的发展上,我会开始有所取舍。有时,我发现很多离题的东西被舍弃之后,写起来会更加顺利;有时,我会意识到原来设计的结局已经行不通了,我必须换一个。无论如何,在知道目的地的情况下,我才能不偏离轨道。

7.1 从后往前

当你设计你所谓的地图时，以下问题对你考虑你的剧本的结局会非常有帮助："你的主角怎么到达这里？"然后从后往前设计。以《美女与野兽》(*Beauty and the Beast*, 1991)为例：

结局：野兽最后成为贝尔梦中英俊的王子。他怎么做到的？

第二个动作点：野兽将贝尔送回家，即便他知道这意味着他的死亡。他怎么做到的？

第一个动作点：野兽从她的父亲手中带走贝尔。他怎么做到的？

干扰事件：野兽关住贝尔的父亲。

看到这是如何起作用的吗？我们专注于结局，然后一步步地回溯到事情的起因，更恰当的说法是，每次都作出一个决定，而结局就是主角作出的所有决定的累积效应。如果我们轻松地顺着这些决定回到了故事的开头，这样我们就会对情节有个简单且逻辑清晰的勾勒。

7.2 对动作点概念的回顾

第一幕：开端（25页—35页）

1. 干扰事件发生并产生问题。
2. 主角决定解决问题。
3. 对手对抗主角的努力。
4. 第一幕改变问题格局，并使得人物转向新的方向，促使故事向第二幕发展。

第二幕：发展（50页—60页）

1. 主角面对新的决定并实施新计划。
2. 对手的对抗升级。

3. 主角变得消沉。

4. 第二幕改变问题格局,并使得人物向新方向发展,促使故事向第三幕发展,最后达到高潮,问题得以解决。

每个动作段落的发展都非常重要。第一幕形成开端,并使得戏剧动作开始进行。第二幕使动作逐渐变得激烈,增加风险,并增强作决定的艰难程度,使得冲突逐渐激化。毫无疑问,它是你的剧本向前发展的驱动力,同时,也是让编剧们最为头疼的部分。

7.3 动作力度

牛顿三定律:作用力→大小相等,方向相反←反作用力

是的,当你开始写作剧本时,你并没有打算要学习牛顿定律。但是就像宇宙间的万物都会受到重力作用的影响一样,你必须意识到你的人物也处于这种作用力与反作用力中,我们称之为戏剧动作:

动作——	反应——
我掉了钱包。	你捡了起来。

在第四章我所举的例子中,开端动作很小(你敲了我家门)。上面的例子,也很简单,几乎可以说是平淡无奇。每个人都有可能失手掉钱包,每天每时都有可能。对于观众中的某些人而言,无论是动作,还是反动作,都有可能引发情感反应。迄今为止,反应在影响观众情感问题上有着最大的潜力。实际上,在戏剧中,阐释冲突的最好方式,便是去写一场反应强烈的场面。对于新手而言,这点尤为重要。

请看以下例子:

动作——	反应——
我掉了钱包。	你捡了起来。
我说:"这是我的钱包。"	你说:"好吧。"
我伸手要钱包。	你把它还给我。

简单的动作会抑制反应,并引发无趣的故事,请接着往下看:

动作——	反应——
我掉了钱包。	你抓住它。
我说:"这是我的钱包。"	你说:"糟糕!"
我喊道:"警察!"	你逃跑了。

看到这是怎么起作用的吗?我的"平淡"动作,却获得了你强烈的反应,并导致了我发出更强烈的反应。这就是"多米诺效应"。人物反应使得冲突加剧,并推动情节向前发展。

保持悬念

人们的反应强度往往可以预测。如果你安静地走向我,我会有个平静的反应。但是,如果你吓唬我,我会尖叫。如果你把我弄得痒痒的,我会大笑。是的,如果你捅我一刀,我会流血。当我们看电影或者戏剧时,我们期望人物顺从某种"正常"的行为模式。大部分情况下,他们的确如此。

当然,如果我们对人物有所预期,而且这个预期不断地被得以证实,我们会开始预测他们的行为。在电影剧本中,我们所创造的大部分行为都是可以预期的。但是,如果观众总是能预知人物将要做什么,这场戏就会变得沉闷无比。一种有效的方式,便是写出与观众的预期正好相反的反应动作。下面有些可供参考的例子:

在《夺宝奇兵》中,印第安纳·琼斯面对一个强壮的武士,武士在他面前做了一系列花哨而威猛的武术动作。我们原本预期琼斯会跟他有场酣战,但是,他只是掏出自己的左轮手枪,并开枪击中了那个家伙。

在《与狼共舞》(Dances with Wolves, 1990)中,邓巴,一个受伤的美国士兵,得知医生计划对他粉碎性骨折的腿进行截肢。这对他而言,是个悲剧,却并不怎么出人意料。但是,当他挣扎着走向马匹,并试图用同伴的武器进行自杀时,我们大跌眼镜。

在《虎豹小霸王》中,两个主角发现自己被围困在俯视着大河的悬崖角落中。我们希望他们站住,但是他们从悬崖上跳了下去——这样的结局让我们欣喜不已。

想想看,你能写出什么样的既会超出观众预期,又符合现实和逻辑的动作呢?

专注于目标

当你在写作第一幕时,牢牢记住你脑海里涌现的一切。

几周以来,我们一直专注于前六个步骤。很多次,我们的学生们交上来的第一幕的剧本是如此出色,以至于我不禁热泪盈眶。强烈的主题立场,一个清晰的主角—对手冲突,扎实的戏剧性前提,渐渐加剧的张力。他们的动作转折点毫不拖泥带水地促使人物进入第二幕,如同离弦之箭一般。然后,我读了第二幕,接着,"砰"的一声,一切都崩塌了,离弦之箭在半空中仓促落下,如同有一只看不见的巨手将它一把打下。到底是哪里出毛病了?我仔细寻找着线索。原因无一例外地都是写作者忘记了他们最初的主题立场,并且远离了他们的核心冲突。这样做最坏的结果是什么呢?他们只有依靠叙事性短语回到了原来的轨道上。

现在,你明白叙事性短语——用来描述和解释动作——往往会破坏戏剧动作。每次当你停止写动作,并开始描述、解释它的时候,你的故事就在轨道上停止运行了。为了达成并保持可信的冲突,你需要做以下工作:

1. 固守你的主旨陈述、核心问题和戏剧性前提。
2. 展示你的主角所作的决定,并使得对手能够对此作出反应。
3. 通过冲突来驱动故事前进。
4. 展示你的主角所冒的风险。

这些元素应该在你的剧本中持续不断地存在。在第二幕中,它们会变得更加重要。是的,第二幕的游戏计划不过是第一幕中已有计划的发展。通常情况下,第二幕是第一幕或第三幕长度的两倍。这便使很多新手陷在其中而忘记了他们最初的线索,他们的"动作大纲"。在这个过程中,我所给予你们的不断的提醒会非常奏效,但是,我不是"情节线索警察"。一旦你掌握了最基本的课程,坚持原来的设计就变成了你自己的责任,它同时也是每个写作者的责任。

幸运的是,坚持原初计划是我们需要用时间和努力来实现的一项挑战,你练习得越多,它就会变得越容易。这里有一些建议能够帮助你。在你工作的地方,贴上一条标语,在这个标语上,将你的基本元素列个单子。形成每天在写作之前研究这个单子的习惯。下面有个例子:

《照单全收》
主旨陈述:

贪　欲　→　逃　避

诈骗高手崔西试图从她的老板马克斯——一个黑帮分子,更狡猾的诈骗犯——那里逃走。

主角:崔西　　　　**对抗**　　　　**对手**:马克斯
核心问题:崔西能从马克斯身边逃开吗?

戏剧性前提:

- 崔西携带着属于马克斯的一百万美元逃走。
- 崔西将自己伪装成修女,在印第安人的保留地工作。
- 作为修女所经历的生活,激发了崔西的良心,她决心面对马克斯。

在发展第二幕时,要时不时参照一下第一幕。每次你结束你的剧本第二幕的写作时,检查一下你的人物之间的情感纠葛。你的新的第二幕有没有按照原来的计划来实施呢?如果你发现坚持原来的计划很难,那么一定要再次分析它。也许计划本身就不够站得住脚,或者是你在写作时,发现了其他的更好的计划。改动计划自然没问题,但是请确保你对一切都了如指掌,知道接下来会发生什么以及为什么会这样。

7.4 持续的节拍

内　起居室—日
我听到敲门声,我打开前门。

我以前的大学恋人正站在门廊里。

我
恩罗克莫顿！我们有二十年没见了。
他
我从未停止过对你的思念。

我冲进他的怀抱,他狂热的吻几乎令我窒息。我攥起双拳,狠狠给他一下。他呜咽着。

他
这是为什么？
我
二十年了,竟然连个电话都没有！

  这个很短的片断可以称作一个节拍。注意这可是名副其实的一场微型戏,它有开端、发展和结局,有主角和对手。除此之外,它还有戏剧动作和冲突。在电影中,它在一个镜头之内就可以完成。

  斯坦尼斯拉夫斯基曾经将戏剧工作比喻为吃火鸡。人们想要吞下一整只鸡,却会被鸡肉噎住。但如果他们将它切成小块,火鸡就会变成美味。同样,如果将一场戏分为一点点小的部分,我们便可以掌握它的动作。如果用俄国口音发音,"一点点"（bits）听起来就是"节拍"（beats）。直到今天,我们仍旧视节拍为戏剧中的最小单元。

  斯坦尼斯拉夫斯基的理论适用于演员,同样也适用于编剧,而且节拍不仅是构建舞台剧的基础,同时也是建构电影剧本的砖石。有一次,我请我的一个戏剧艺术教授为节拍这个概念下定义,他说:"它是通向最后意图的开始。"用通俗的话来解释,节拍开始于当某个演员决定做某些事情的时候。他或者她可能成功,也可能失败。在这个时候,一个节拍结束了,然后周而复始。在一个优秀的剧本里,每个节拍都会促使主角一步步进入更多的冲突之中。

7.5 增加赌注

正如你所知道的,戏剧性动作是通过人物作出一系列决定以及面对必须解决的问题而不断向前推进的。这些决定一般都是在压力的作用下作出的。换句话说,主角以及他的支持者面对着故事中所设定的情境给他们施加压力,同时他们还要面对对手及其支持者的对抗力量。在《边缘》中,飞机失事时的两个男人——一个女人的丈夫以及她的情人——被遗弃在阿拉斯加的荒原中。他们面对着贫瘠的荒漠、严酷的天气以及饥饿的熊所带来的危险,同时他们还彼此攻击。主角唯一能做的,便是作出某些计划,并希望他的决定能够解决问题。当他的计划失败后,两个人必定面临着更大的危险。这就是所谓的"增加赌注"。

想想你打扑克牌的时候,一个人手中有他想出的牌(某种意图)。他们放下赌注(作一个决定)。同时,其他人也有他们自己的牌(意图),它们放下他们的赌注(作出他们自己的决定)。当他们经过了他们所惧怕的一切后,他们可能叫牌或者放弃。第一个人物可能成功,也可能失败。这场赌局便到此结束。有些人会参与新的赌局(出现新的人物意图)。每个新的意图会使得参与者再次面临风险。如果他们想继续这场游戏,他们必须把更多的钱放在押宝桌上。

有时候,就像在现实生活中一样,一个人物并不想承担太多风险。他很早便放弃,并退出游戏。如果一旦这样,便宣告了游戏的结束。如果作出停止游戏的决定,更多情况下会使得其他人物改变他们的意图和决定,并且重新下注。实际上,将赌注"串"起来是一种极好的心理策略,这样会使得下注的压力时大时小,这样做会更有刺激性。

7.6 写作主导场面

如果你读过制片人交给编剧的那些编剧内容提示和要求,你会明白他们想要你在**主导场面**(master scene)上下工夫。如果你能回忆起来,应该记得我曾经说过主导场面就是在同一时间、同一地点由同样的人物所展开的戏剧动作。它们同时也包括了能够促使情节向前进展的一个或者更多的节拍。

很多新手会因此而迷惑,他们试图将每个镜头都写成一个独立的、有舞台说明的场面。但是别忘记疯帽匠和三月兔对爱丽丝的折磨。"坐下坐下,洗杯子洗杯子",可怜的女孩从来没有足够的时间去把她杯中的茶喝完。同样,如果每个镜头都要求有场面转换的话,戏剧动作就根本没有充分的时间来展示。你必须在一个地方使动作持续的时间足以让人物能表达和追求他们的意图。

如果你读分镜头剧本,你可能会看到几乎每个镜头都是一个场面。这就是为何我说千万不要模仿分镜头剧本的原因。再次强调,控制镜头是导演的领域,你的工作是展示一个故事,建立戏剧动作,同时发展**人物弧**(character arcs)。为达到这个目的,你最好是简单地固守着一个场面,也许是好几页的内容,一直都展现人物的意图直到节拍和主导场面结束为止。比如:

《逝去的时光》

淡入:

外　山区一日

　　葱郁而宁静的森林,薄雾笼罩的云松直耸云霄,一束金色的光辉浸染其中。**维尔·杰奎斯**走在树下一条隧道般的小路上,他很英俊,却饱经风霜,就像一头经历过太多争斗的狮子。他穿着传统的印第安服装。黑色的浓发披散在肩头,他注视着光辉,向它走去。

　　光辉变得更强烈。两个形体在其中显现。一个**小女孩**和一个**老人**。

维尔

　　布妮?艾登舅舅?

　　第三个人,一位可爱而得体的六十岁**老太太**,出现了。

维尔

　　妈妈?

女人的声音(画外)

　　D级。

　　维尔的妈妈向他伸开双臂。

男人的声音（画外）
好的,清楚。

维尔听到**电子脉冲声**"**嘟嘟**"作响,还有机械的**重击声**。他用余光扫视旁边,惊呆了。然后,在完全忽视这些声音的情况下,他向那些人走去。

女人的声音（画外）
线路畅通。

男人的声音（画外）
再来一次。

"**嘟嘟**"声和**重击声**重复着。维尔再次犹疑不定,这次他转过身去。

内　办公室—日
巨大的窗户,曼哈顿上空的一线蓝天。奢华的装饰和原始艺术画饰。在宽大的桌子后面,一个高背黑椅子面对着窗户,秋天的花束装饰着桌子的一角。**罗斯·安格曼**,成熟而英俊,一副讲究效率的样子,站在房间的另一个角落。秘书**西比尔·霍奇**,读着记事本。

斯柏
我们收到来自台湾的邮件,是关于瓷器收藏的
合同,他们想要你投资。
您母亲打来电话,她说她午饭时会迟到。我们
在索马里的代理人说他买的艺术品近期不会
运到。还有,嗯……

（翻页）
我们已经为您与印第安人将举行的视频会议
做好了准备。

办公椅转动着,**马戈·恩斯道夫**出现。她的脸笑起来很美,却经常皱着眉头。

马戈
印第安人?

西比尔
爱达荷州俄勒冈的部落代表。
他们中的一个知道鹿和羚羊的所在地。

马戈
我为什么非得见他们?

>   **西比尔**
> 他们做珠子加工,箭头上的珠子,总之是类似的玩意儿。
>   **马戈**
> 这又是谁出的好主意?

西比尔的目光扫视着站在马戈桌边的男人。

>   **西比尔**
> 安格曼先生。

马戈的目光跟随着西比尔。

>   **马戈**
> 罗斯?
>   **罗斯**
> 马戈,我亲爱的,印第安原住民的玩意儿现在正时兴呢。
>   **马戈**
> 也许吧,但是我同意和印第安人开会啊。
>   **罗斯**
> 不,你在洛杉矶的时候,我说过你要开这会。
>   **马戈**
> 罗斯,你是我的经理和财务,你不是我的老板。
>   **罗斯**
> 得了,我们不是在和老笨牛做生意。我们在发掘一条财路。

她瞪着他,嘴紧闭着。

>   **罗斯**
> 如果你不喜欢跟他们扯,我会去,你就把我扔在俄勒冈得了。

她的眼睛看着上空,叹口气。

>   **马戈**
> 好,给我点时间让我考虑考虑。

在上面的选段中,有两个明确的主导场面,发生在两个不同的地点。可能会有很多种拍摄法,但是作为一名编剧,我坚持关注戏剧动作,而不是如何去拍摄这部电影。

干扰事件在第一页就发生了。在最开始的那个场景中,威尔的目的是"走向光辉"。他从未达到过。当他的意愿结束后,节拍也结束了。既然我们知道现在必须进入新的场面,并引进一系列新的人物,威尔的主导场面也就结束了。

一个新的主导场面开始于马戈的办公室里,它包含了一个节拍。马戈的目的很明确,就是开始今天的工作。但是总会有事情发生,妨碍她达到这个目的。节拍结束,下一个场景使我们回到威尔这边。场景改变,人物改变,另一个主导场面和新的节拍开始。

如果动作以这种方式进行,这部电影将极富戏剧性。但是在一部好的剧本中,人物的需求必须不断地加强。人物不断需要更多的东西,并企图获得它。她或者他必须冒更大的风险,通常这笔赌注是钱,或者是权力、财产、还有爱(记住你的主题和主旨陈述)。赌注越大,戏剧性便会越强。当然,最后的赌注便是一个人的生命。

用以激发人物强烈愿望的一个简单方法,便是威胁他们所拥有的东西。至少,编剧要写出那些会被人物认为是威胁的戏剧动作。出色的喜剧演员和艺术家丹尼·托马斯(Danny Thomas)有一次曾提到:"我们不必去挑战人们所做的事情,而是要去挑战我们认为他们将会做的事。"编剧最重要的工作之一,就是要决定你的人物会害怕什么,他们会将什么行为解释为是一种威胁。

当一个人物晚上独自在家,听到奇怪的噪音时,很可能会产生有趣的场面。但如果只是一点微弱的异响,那么人物就没有足够的理由去相信他正处于危险之中。但是这时候,想象力就开始起作用了,观众们会会心一笑。我们知道独自身处黑暗时的恐惧,而且会肆意夸张想象,这些是人类本能的主要组成部分。我们会认同处于恐慌中的人物,是因为我们曾经身处恐慌之中。同样,当不断出现新的因素增加了紧张的张力(比如说,更多的噪音)时,我们会喜欢这个场景。我们会感觉到人物正在痛苦挣扎着,难以决定到底是主动防卫(抓起一根棒球棍),然后解决危机(砸开地下室的门），还是听之任之。

利用转折，是增加张力的另一种方法。在电影里，我们经常看到人物失去一些东西，然后坚持不懈，直到他们取得最后的胜利；或者是人物独自前行，争取他们想要的任何东西，然后突然又失去了它。他们会怎么做？他们如何重新获得权力？这些倒退检验着主角的意志力，迫使他们重新审视自己的目标，也许他们会再次确立新的目标，甚至作出更勇敢的决定。

别管我！我正处于危机中！

回顾我们之前提到的，一个干扰事件产生某种威胁。人物寻求解决方案，如果这个方案失败，这其中的张力便产生了。人物必须付出更大的努力，去寻求答案。最后，我们到达了张力的最高点。不可抗拒的力量遭遇了不可改变的目标，在这种时刻，人物必须面对一个决定，而这个决定将使得他的生活产生永久的改变。但是，有时可能无从选择。他必须决定，即使不顾后果。在这种时刻，随着决定的作出，高潮产生。

用冲突促使故事前进，意味着遵循不断增加的张力，最后达到高潮的模式。有时，这些高潮会比较强烈，但是有时它们却很微弱。主要高潮，无论如何，必须随着第一幕和第二幕的转折产生。另一个则可以在你的故事中间时段出现。实际上故事的**中间点**（midpoint）是如此重要，以至于如果你拥有了一个扎实的故事中间点，即便第一幕的力量较弱，也能弥补其不足。

你只能有一个故事中间点。如果你的剧本有 120 页长，故事中间点将处于 60 页左右的第二幕中（尽可能地接近第二幕）。对于主角而言，这个点是斗争的锋尖，有时被称为"最后的选择"，它促使主角作出选择。他们会沉没还是遨游？至少在某一短暂的时刻，他们看上去似乎要沉没了。他们在猜度自己是否作出了错误的选择。他们以为不可能再往前了。但是这时候，一些事情发生了。某种东西促使他们意识到，自己不能放弃。他们必须追求自己的目标，直到到达终点，即便那终点可能让人痛苦不堪。

与转折点或者高潮不同，中间点并不需要重量级的动作场面。虽然作为某种规律，张力越强越好，但是中间点有可能十分平静。实际上，如果剧本中的其他部分一直很紧张，平静的中间点所带来的对比，也许会使得你的中间点更有内涵。只要记住,你的故事中间点,必须展示一个作出最终决定的时刻。无论是什么促使主角作出选择,生活必将因之而改变。在一部动作电影里,有可能使主角被困在角落里,马上就面临死亡。他被迫作出行动,考虑到已经没有什么可以失去了,他可能形成了最后一个新的计划,并且尽力实践它。

主角们重新确定的目标,将在第二幕的中间增加紧张度,这个时候,正好是观众的兴趣开始有所松弛的时候。在中间点接下来的 10—15 页的剧本中,你需要增加更多的动作,用来不断挑战主角的决心。当然,那个时候,主角会成为一个崭新的人。在中间点后,怀疑产生了。主角被迫承担全部责任,无论是成功还是失败,他们都必须成为自己命运的主宰。在梅尔·吉布森主演的《危险人物》(*Payback*, 1999)中,它的中间点紧紧抓住你,让你紧张得透不过气,我相信正是这个优秀的中间点,成就了这部电影。

一些好建议

在戏剧高潮的后面,永远需要跟随着一些平静的时刻。让观众喘喘气,这样他们才会慢慢吸收戏剧动作的全部效果。为了理解放慢节奏的必要性,想想过山车在重新攀高前,往往会平行滑动一段距离,想想你的汽车又一次冲向山坡,急速下滑时,你感受到的振奋和激动。你当然也会想让观众产生同样的期待感。高潮后的停顿,会帮助你为故事里的下一个情感高潮做好充分准备。

7.7 第二幕转折点

在本书的前六步中,我说过我们第一幕的转折点可以稍微低调一些,但是第二幕一定要结束得精彩干脆。好吧,我告诉你这个重要时刻在什么地方:大概距离你的故事结尾有 20—30 页的地方。最后的对抗、最后的干扰事件,使得动作充满生机,并促使主角冲向最后的解决。第二幕转折点如此重要,以至于电影是否成功,很大程度上取决于它的效果是否强烈。

在《一部伟大剧本的诞生》(*Making a Good Script Great*)一书中,琳达·辛

格(Linda Seger)说,第二幕的转折点"加速动作,使得第三幕比其他两幕更为紧张,并给予故事危急的气氛,或者动力,让故事向着最后的大结局前进"。

第二幕转折点有许多种形式。在"真相大白的时刻",一个意外发生,促使主角必须面对他身处的现实世界,只有这样,他才能获得最终胜利。《第六感》(*The Sixth Sense*, 1999)在第二幕转折点,提供了一个有力的"真相大白的时刻"。

"逆转"的出现同样很常见,而且效果强烈。主角要么战胜别人,要么被别人所战胜。关于第二幕逆转有一个很好的例子,那就是皮尔斯·布鲁斯南主演的《天罗地网》(*The Thomas Crown Affair*, 1999)。

琳达·辛格又说:"有时候,第二幕转折点就像是滴答作响的钟摆一样——'好吧,詹姆斯·邦德,你有六个小时的时间,然后我会把巴黎炸掉。'"

无论选择何种形式的转折点,你最好是写作一些原创的东西,新鲜的东西,如果有可能的话,最好能让观众吃惊。

1. 链接因特网,并登陆德鲁的"Script-o-rama"。
http://www.script-o-rama.com/snazzy/dircut.html

提示! 在因特网上很容易找到免费的剧本。但是如果无法上网,你也可以在当地图书馆找到免费剧本。询问图书馆的工作人员,他们会告诉你怎么去登录系统并下载有用的资料。或者你可以去kinko's或Lazerquick公司,只用付一笔佣金,他们会提供同样的服务。

2. 选择一个剧本初稿或者早期版本下载,并阅读。然后,在接下来的一周里,找到配套的视频资料,观看这部电影。请在看电影之前先读剧本。同样,请选择一部你从未看过的电影,以下是你可能在德鲁网站找到的剧本:
《我最好朋友的婚礼》(*My Best Friend's Wedding*, 1997)
《蝙蝠侠》(*Batman*, 1989) 《接触未来》
《偷天陷阱》(*Entrapment*, 1999)

《爱在冰雪纷飞时》(*Snow Falling on Cedars*, 1999)

《真实的谎言》(*True Lies*, 1994)

《诺丁山》(*Notting Hill*, 1999)　　《八毫米》(*8mm*, 1999)

提示! 它的剧本初稿或早期版本,并不意味着就是商业剧本,所以,只要注意它的内容和写作风格。请剔除那些不符合商业剧本规范的元素。

在其他链接里,有更多的剧本,包括一些好莱坞黄金时代和最近的影片的剧本初稿。你可以再选择一部电影和剧本做功课,但是要选择你所喜欢、并能坚持看下去的电影。

3. 你的分析问题列表里,是否包含以下方面:

干扰事件

必须解决的问题

主角(为何成为主角)

对手(为何成为对手)

完整的主题思想: 主题,基础动作,目的句

戏剧性前提

第一幕转折点

第二幕转折点

中间点

主角解决问题的方法

4. 简要地记下你看剧本和看电影时所觉察出的不同。这些差异有没有使你感到惊异? 如果有,为什么?

5. 如果你还没有开始研究第二幕,请尽可能地去做。如果你已经开始了,请将它完成。

无论何时,请记住:
没有规则的艺术,只能是混乱一片。

Chapter 8
人物弧

CHARACTER ARC

　　创造出一个人物,就像是做父母一样。你将你的"婴儿"带入人世,培育他们,并给他们成长的空间。当他们成熟时,他们最终的模样让人无比期待。

　　人物的心理及其复杂性是产生动作的根源,之前我们谈到了一些可以帮助你洞察人物内心、理解人物动机的方法,现在,让我们看看人物究竟是如何推动剧情的。

8.1 人物类型

　　迄今为止,你已经和两个主要人物进行了合作:主角和对手。你知道主角可能是(而且经常是)英雄,而对手则经常是坏蛋,但是这并不是绝对的。因此,当你想让剧本中的人物与传统的角色设置有所区别时,就应该将这些人物具体化。而且,现在我们需要增加"**第三个人物**"(third character)。实际上,在戏剧行话里,这个短语可能指任何一个"**二级人物**"(secondary character)。是否要增加更多的人物,完全取决于剧本的情节。

　　现在,规则告诉你,我们必须有两个以上的人物,但是如果你至少有三个人物,写戏的难度可能会小一些。就我个人而言,我发现如果有五个人物,我的写作会变得很轻松(单数数目的人物似乎会更好)。通常情况下,二级人物都是催化剂,他们的存在是为了让动作进行得更顺利。一个人物可能会促使主角继续奋斗,另一个可能作为对手的密探,而剩下的一个,可以传递出改变整个故事推动力的信息。

在每个案例里,就像小孩们玩雷德洛夫游戏(Red Rover)那样,主角必须和其他人组成联盟,才能达到其目标。他们被称为"支持者"或者是"镜子人物"。对手同样有一个"帮助小组",被称为"对抗力量"或者说"对抗人物"。另一个类型,是"爱情人物"或"浪漫角色"。考察下面的例子:

电影	主角	对手	支持者	对抗力量	爱情人物
《哈姆雷特》	哈姆雷特	克劳迪厄斯	霍雷肖	格特鲁德	奥菲莉亚
《尽善尽美》	梅尔文	西蒙	卡罗	弗兰克	卡罗
《窈窕淑女》	亨利	伊丽莎	匹克林	伊丽莎的爸爸	弗雷迪

有时候,"二级人物"是多面手,所起的作用不止一个。举个例子,在前面剧情中是"爱情人物",在后面的次要情节里,可能成为对手。而且还有很多小人物,通常被称为"一日演员"。当然,你需要他们,但是这些人突然出现,又突然消失,你并不需要在他们身上下太多功夫。

写作人物小传

什么是描写人物的最好方法?最好的方法(我所坚持的),就是去写你所知道的。最理想的情况是你的周边环境。研究你身边的人,在他们和你的人物之间画平行线。把朋友圈中两三个人的特点结合起来,你可以创造出全新的综合人物。但是无论如何,从你所熟悉的人物开始写起,这样才容易让观众感受到人物的真实存在。

在最初六步中,我们用"神奇的如果"来进入人物的大脑中。我喜欢这种技巧,并且乐于在脑海里这样"放电影"。但是另外一些方法对你而言也许更加奏效。当你发现新的方法时,请尽力将它们付诸实践。编剧是一种边做边学的职业,你实践得越多,你的选择也会更多。

一些人习惯于写人物小传。他们创造并且记录人物的每个细节,即便他们并没有将这些信息展现在剧本中(在理论上说,这些细节揭示了人物的精神状态,并且预示了他和其他人物的关系模式)。就我而言,人物小传不太管用。如果我把人物的情况巨细靡遗地记录下来,我可能根本就没有足够的精力去完成剧本了。但是,有些人却非常喜欢这种方式。所以,如果你觉得这会对你管用,你也可以试试。

无论如何,请千万注意,不要让人物小传太复杂。如果你非得写人物小传,就尽量把它写得简明扼要,尽量传达相关的信息。有一种方式可以约束你自己,那就是列出类似下面的表:

《尽善尽美》(*As Good as It Gets*, 1997)
人物:梅尔文

家庭情况:独自居住。没有压力。没有牵绊。

教育和能力:高等教育。勤奋。有想象力。能说会道。

职业或生活方式:写爱情小说。

个性特点:乖僻。强迫症。在没有意识到后果的情况下,做出残酷的事来。

主要兴趣:他自己和他的病痛。

人物:卡罗

家庭情况:单身。她的小儿子有健康问题。住得离她妈妈很近。

教育和能力:并未受太多教育,但是聪明并且口才很棒。

职业或生活方式:服务员。渴望社交生活和罗曼史,但是因为儿子的病,面临很多困难。

个性特点:极负责任。体贴。独立。伤感。

主要兴趣:她的世界紧紧围绕着自己的孩子,但是她渴望有更多经历。

就像设计第一动作点时所做的那样,一个简单的清单列表方式,就能让你记住许多细节,而不必为每个人物都著书立传。如果有些细节你不太喜欢,修改它的工作会变得又快又简单。

人物的发展

毫无疑问,在每个人生命中的某个时刻,都会有一些重要的决定浮现于生活的地平线之上。也许它只是个每个人都必须面对的、毫无奇特之处却必不可少的决定,比如说跟哪个人约会或者上哪所大学。但是也许它又是个导致混乱的决定,比如在远方某个城市里找个新工作。也许你必须在瞬间里作出决定,就像在一场可怕的车祸中,与另一辆车马上要撞上的一瞬间,必须决定是踩刹车还是踩油门。

无论情况如何,每个人在生命中,都会面对必须有所行动的时刻,并预知它必然会导致某种结果,却无法去推测结果到底如何。所以在我们跳下悬崖的时候,总希望有张网能接住我们。我们的某些决定也许会带来美好的结局,另一些也许会导致最彻底的绝望。虽然我们会害怕所面对的困难,并且总是为所作决定的后果堪忧,但是更多的时候,我们在经历了这些后,会变得更加聪明和坚强。所以这些阻碍其实应该被看做人类灵魂的自然进化。当然,任何对你生活造成永久改变的事情,都在帮助你变成现在的你。

同样,你的人物必须面临障碍。他们如此努力地想把事情做对,最后他们会赌一把,即使在不知道结果的情况下,并且心存希望。这便是一个人物,如同生活中的人一样,需要学习、成长。从最初的干扰事件开始,你的人物会作出决定,并且承担使得人物改变或成长的后果。这便是人物弧。

为了更好地理解剧本中人物弧的重要性,想象当你穿过一座桥时,却发现桥在大河的正中央就断裂了的情形。现在想想主角和对手的持续动作,如果他们在故事中间就结束了,会出现什么情况呢?所有你为主要人物设定的事件、决定和结果,都是剧本中的桥梁,它们延展开来,形成你的整个剧本。

记住,人物弧并不是仅仅简单地发生就可以了。在 A 点时,你的主角必须决定去攀越所有的感情高峰,艰难地穿越悲惨的沙漠,并避开突袭的强盗,最后到达 Z 点。同样,对手尽可能地靠近 A 点,必须决定是否弄乱路标,在泉眼里下毒,并且设计埋伏。人物所作的决定和随之而来的后果就像是给马装上鞍子,然后驱赶他们,让他们背负着冲突前进。

请研究以下例子：

《哈姆雷特》

决定：哈姆雷特雇用一群演员，在国王克劳迪厄斯面前再现老哈姆雷特被谋杀的情境，目的是刺探国王的反应。（哈姆雷特：如果他显露出畏缩不安之态，我就知道该怎么办了。）

结果：在演出过程中，克劳迪厄斯渐渐不安，暴露了他的罪责。

决定：哈姆雷特想要杀掉克劳迪厄斯。

《情定巴黎》（*French Kiss*，1995）

决定：当她的未婚夫去巴黎，并且与别人陷入爱河时，这个女人决定随他而去，并挽救这段感情。

结果：在飞机上，她遇到了一个粗鲁但是迷人的法国男人。

决定：她记录下法国男人给她的帮助，为了使未婚夫吃醋。

《尽善尽美》

决定：当他的艺术家邻居的小狗变得很烦人的时候，梅尔文·尤杜尔将狗从垃圾通道里扔了下去。

结果：邻居的律师说，他会让梅尔文付出代价。

决定：当邻居住院时，梅尔文同意去照顾这条狗。

现在问问你自己："人物的心理，是如何随着'决定—结果'这一序列而发生改变的？"在戏剧中，如同在现实生活中一样，一件事情导致另一件事情的发生。通常情况下，当我们能探寻到是什么序列导致了心理和行为的变化时，我们就会探到人物弧的光环。

8.2 心存信念

编剧可以控制剧本的很多方面。在情境设定——意思是戏剧发生的环境——上你完全可以自己做主。当然，你也可以选择干扰事件。最重要的是，你创造了人物，并且展开他们的戏剧动作。在创造这所有的事情时，你有完全的掌握力。但是如果你将人物付诸纸上，另一个因素就产生了：你很荣幸地担负着保持人物一致性的重任。出于这个原因，我的意思是：你必须使得人物跟他们刚刚"诞生"时相一致。有一种方式，能够很快地使得观众跳出剧情，那就是先创造一个某种类型的人物，然后突然地，在完全没有提示的情况下，人物变成了另一种类型。

当然，生活时时流动。在剧情发展的过程中，人物弧也会显示出变化。但是这些变化是源于对经验的学习，而不是神经质式的情节。你的英雄也许会慢慢发现他们自己的黑暗面，但他们必须仍旧是英雄；你的恶棍们也许会认识到自己的错误，他们甚至会洗心革面，但是他们仍然是恶棍。毫无疑问，你不能一下子把英雄变成恶棍，或者让恶棍突然成为你的英雄。

有些编剧认为在中途突然改弦易辙，是某种聪明至极的办法。这种跳跃，怎么说呢，会创造一个完全不同的故事，而且将往一个未知的方向发展，因为所有预先的设定——主旨陈述、戏剧前提等等，同样在跟着改变。但是，你会问，我们经常看到的人物个性和个人精神世界的改变，又该对其作何种解释呢？一个敏锐的医生突然变成了兰博（影片《第一滴血》〔*First Blood*, 1982〕的主人公）；一个深爱着妻子的男人，却设计陷害妻子；一个恶毒的老守财奴突然变得很大方——人物性格中存在着矛盾，这矛盾当然是可以的，而且会产生很多意味，只要编剧打好了基础。

设下埋伏

如果编剧描述了一些事件，而这些事件将使得观众预感到人物会发生改变（也许情节也同样改变），这种情况叫做**设埋伏**（foreshadowing）。这样的线索可以是显而易见的，但是大多数情况下，它们都很隐蔽。也许它只是动作段落中的一行，或者是对话中的几句。一个钟表的镜头，也许会告诉你，在这个故事里，时间因素很关键。一扇偶然忘记关上的窗户，也许预示着小偷可能来洗劫。一个女人离开医生办公室，可能蕴涵着无数可能性，如果她大笑，就有可能是发生了很好的事情；如果她忍不住哭泣，观众会等待着坏消息。一个弹跳着穿过马路的球，也许会让我们预感到威胁小孩生活的危险即将来临。

但是在你工作的时候,请牢牢记住,任何对细节的过分强调,都会使得观众产生预期。实际上,你所囊括的每个细节,都会让观众有所预期。他们会认为这个细节很重要,要不然你也不会特意地指出它。你对某个方面强调得越多,观众的预期也会越强烈。

现在,因为你反应灵敏而明智,你会对自己说:"噢,这就是为什么她想要我们去掉多余的细节的原因。"是的,这就是原因之一。这样会使得你和观众避免更多的困扰。只写下你必须写下的东西。当你发现故事中某些细节并不如此必要,就删掉他们,无情地删掉它们。

更多有用的提醒

为了使得观众更好地跟随人物弧,我们需要为任何一个可能改变人物性格的事件设定埋伏。比如说,假设我们遇见一个军队里的医生,但是他痛恨军队生活,因此退役时他无比高兴。然后几场戏之后,他在医院里,被谋杀无辜受害者的、残忍的通缉犯所绑架。首先展示他在军队里的场景,这些都预示着他会成为兰博的可能性。

同样,如果我们首先知道,一个妻子雇佣了职业杀手去杀掉她的丈夫,我们就会理解为何她的丈夫会突然变得充满了报复心。当我们看到斯洛奇曾经是个温和而可爱的人,我们会更好地理解为何他又恢复成那个样子。我们谈到的问题是关于准备和动机的。在你出发前,一定要搞清楚路线;在你写作前,请预先设定好事件和行为。

把你的人物当作是真实存在的

有些事情,你可能只对父亲说,却从来不会对母亲说;有些地方,你经常带你的好朋友去,却从不带一些大人物去。你也许会糊弄你的上司,但是你从不会去对美国国税局的代理人撒谎。想想你周围存在着的"真实"的人,你会如何与之相处,请用同样的方式对待你的人物。

加强你的逻辑性

如果必须要付钱的话,那就掏出你的支票簿来,不要摇摆不定,不要似是而非。但当你对你的人物产生了强烈的感情时,仍旧遵照逻辑展开剧情可能会变得比较困难。

有一次我写剧本的时候,里面有三个我喜爱的人物。在剧情进展中,我唯一合理的选择是让其中一个人物死去。这些人对我而言,是非常真实的,我不能忍受其中任何一个的死亡。所以我扔下剧本,考虑我是否要找到另一种解决方式。我等待着,但是哭哭啼啼地去拯救人物的生命,会削弱故事的力度。作为替代选择,我决定不去完成它。当然,这是个很极端的例子,但是我觉得,它可能会对你有所启示。有时候,你就像必须把部队派上战场的将军一样,不可避免地会面对死亡。

超越观众的期待

在前面,我说过避免让观众猜中剧情的一个方法,就是替你的人物选择某种虽符合逻辑,却不太合拍甚至不恰当的行为。例如,在《尽善尽美》中梅尔文·尤杜尔和他讨厌的邻居家的狗的故事里,梅尔文的选择如下:

- 敲开邻居家的门,抱怨不休。
- 打电话给公寓管理员告状。
- 打电话给动物管理机构告状。
- 把狗扔进垃圾通道。

前三个选择绝对是可以被料到的,但是观众们会想到梅尔文会将可怜的小狗扔进垃圾通道吗?当然不会!他们会猜到这样不着调的行为会导致什么后果吗?这就更不可能了。

另一个足以使观众吃惊的方式,是让一个微不足道的决定导致天崩地裂的后果。举例来说,假如说我们的主角想要往汉堡包里加上洋葱,这很难说是个伟大的决定。但是如果他的女朋友很讨厌洋葱的气味呢?如果他们因此而吵架,女朋友离开呢?如果与此同时汉堡包店里的女招待冲他抛媚眼呢?这样一来,加洋葱的汉堡包就会改变主角的生活。

实际上,从这个概念出发,才能设置出强有力的干扰事件。比如,一个人决定将他的车留在家里,走路去上班,这并不是什么大事。但是在路上,他目睹了一起银行抢劫案。或者是一个保守的女人决定去买一条花哨的裙子,因而在这么多年里,她的丈夫头一次被打动了。如果这样构思,你会发现存在无穷无尽的可能性。

超越人物套路

这个技巧同样可以帮助你打破常规的人物设定。举例说明:

- 一个懦弱的书呆子,去参加赛车比赛。
- 一个小孩,却有着成年人的体形。
- 一个私人侦探,却笨拙无能。
- 一个歌厅歌手,伪装成护士。

提示! 请记住,你不能凭空胡编乱造。当你试图去挑战观众的预期时,你的材料必须仍然合理并符合逻辑。为了达到这个目标,请从内部寻找人物的驱动力,并运用"神奇的如果"方式。然后提供一些线索和提示,给观众们以预示,使得他们更容易接受人物的变化。

1. 请仔细阅读你从网上下载的剧本初稿。

2. 看电影《尽善尽美》和《天使之城》(我在德鲁的 script-o-rama 上找到了《尽善尽美》的剧本,我不知道它是哪一版的,但是你如果能读到初稿更好)。

3. 将下面的列表复印在一张纸上,用正确的分类方法将影片中的人物填入列表中。

电影	主角	对手	支持者	对抗者	爱情角色
你所选的电影					
《尽善尽美》					
《天使之城》					

4. 将下面的列表复印在一张纸上,你对看过的每部电

影都要做一个这样的列表。从干扰事件开始,为每个规定剧本寻找主角的人物弧。

你所选的电影:主角 _____

　　　　　　决定　　　　结果　　　　变化
(1)
(2)
(3)
(4)
(5)

5. 在以上每个故事里,运用你的想象力,并尽力去为主角创造至少一个可供选择的其他决定、结果和变化。你觉得你的改编会如何影响故事的发展?你觉得它会加强故事的情节性吗?为什么会?又为什么没有?(如果你找到了五个以上的选择,并且写出了一个以上的变化,你就自由了!越用功,你就会成长得越快。)

Chapter 9
次要情节

SUBPLOT

生活中的许多事情,往往会导致其他事情发生。在编剧过程中,我们将诸多事件联系在一起,就是为了给剧本增加深度和内容。

你的主要情节自觉地将目标定位于两个人物之间的主要斗争上。这样也许会很有趣,但是它只能赋予你的人物一个极其有限的表现空间。那么,你想要的深奥而复杂的层次感怎么办?为了能够让剧情有层次感,你需要创造一些与其他人物相关的戏剧动作。解决途径便是,增加次要情节。

次要情节,是指围绕或产生于你的主要情节的一些附属故事线。因为所有的戏剧材料都来源于人们对其他人"做"(DO-ing)一些事情,次要情节便会给予人物更多的空间去"做"。这套把戏的秘诀便是,将它们巧妙地编织在一起,让其成为整体。

如果只有一条次要情节线索,那么便会造成它与主要情节重要程度相同的后果。你可以在你的剧本里增加3—5个次要情节。确切地说,当然没有人会说"越多越好"。每个增加的故事线都必须发展完善,并且不脱离主要情节。同样,观众们必须能够跟随,并理解每个次要情节。将五条故事线混在一部两小时的影片里,绝对是一个极大的挑战。五个以上,那便是疯狂的举动了。

通常情况下,次要情节在第一幕展开。我讲课的时候,尽量避免对刚入门的学生谈及这个问题。你必须学会走,才能学会跑。除非这些新手能够将建立强大的主要情节这个概念牢记在心,要不然,增加次要情节对剧本绝对是一场灾难。但是现在,你当然已经是个专家了(眨巴着眼睛,笑一笑),所以我们能够继续这个话题。

9.1 故事 A 和故事 B

勇敢点!你在上面所了解到的,很可能是给好莱坞造成最大困扰的谜团。当然,这部分的标题意指主要情节和次要情节。按照逻辑而言,故事 A 是你的主要冲突,而故事 B 是主要的次情节。但是我们也允许有其他情况发生。

你希望故事 A 比故事 B 更重要而且更有力量,但是有时情况却并非如此。就像主角和对手这两个名词,跟角色的道德水准没有任何联系一样,故事的字母顺序也并未决定它们的重要性。如果故事 A——外部的斗争,就像房子的框架一样,那么故事 B——所谓的次要情节,就像一扇窗户,它能使我们看清人物的灵魂。

次要情节的一些作用

让我们假设你的主角是跟市政厅作斗争的环境卫士,他想让市长阻止空气污染。这就是故事 A。最关键的问题是:"乔最终会使得布拉斯巴特市长阻止空气污染吗?"然后,不管怎样,乔遇见了市长美丽的女儿,伊斯美拉达,他们相爱了。这便是故事 B。这时的情形完全可能出现——而且经常出现——对于观众而言,爱情故事可能比主角对付"坏家伙"的斗争变得更为重要。

在《珊岛乐园》(*Donovan's Reef*, 1963)中,约翰·韦恩是个难缠的主角,而他的对手也是一个难缠的女孩。但是多诺瓦跟电影里小孩的关系显示,在他坚硬的外表下有着温柔的心,而故事 B 也给了多诺瓦一个显示真实自我的机会——真实的感情和真实的爱心。作为某种规律,故事 B 处于背景地位。但是在某些电影里，当故事 B 完全发展出来时，故事 A 会变得不重要，甚至被观众忘记，然后故事 A 在电影的结局的最后出现，使得松散的结尾变得紧实。

次要情节是否属于另一个情节？

当然，无论喜欢与否（当我言简意赅的时候，不知你是否喜欢这样？），次要情节和主要情节一样，具备所有的戏剧结构——开端、发展和结局；激励事件和尚待解决的问题；主角和对手——但是有些很重要的不同之处：

- 每个和主要情节有关的主要人物，都可以激发一个次要情节，关键词是"主要人物"和"有关的"。次要情节通常给予支持者、反对者或者爱情人物以主要情节内的各自的故事线。但是不要在意那些在剧中出现的每个侍者、出租车司机或者警察，而要关注那些出现时间长得足以使次要情节发展的人物。
- 次要情节的基础是主要情节。想想有首歌是这样唱的："你虚弱的时候请靠着我……"这是对主要情节和次要情节关系的绝好类比。举个例子，"乔与伊斯美拉达"的故事依靠着环境保护者的故事。如果乔有个伙伴，一个叫郝瑞斯的扫大街的人，就可能发生乔与郝瑞斯的故事。主要矛盾还可以引发布拉斯巴特市长和他邪恶助手之间的故事。所以现在你有三个次要情节足以引起你的关注。然而……
- 主要情节必须比次要情节更为完整。如果你将主要情节和次要情节分开，然后试图将次要情节当成独立的材料来看待，那么至少在对剧本毫无修改和增减的情况下，次要情节是不能单独成立的。但是它的存在会拓宽主要情节，给它增加深度和更多的"魅力"，而且它会增加我提过很多次的"层次"。
- 你可以在主要情节和次要情节之间来回切换。你不需要围着主角转个不停。让乔歇会儿吧，让他离开银幕几个场次，好让伊斯美拉达和她的父亲吃顿饭，然后因为乔的事情而争吵。
- 有些因素会在次要情节内激发不同的主角和对手。在我的经验里，一个次要情节的主角有可能就是主要情节的主角，但是我相信对手是可以改变的。处理这些问题都没有成规可言,所以你必须决定什么对你来说是最好的。就像我在初级六步里提到的那样,无论如何,次要情节可以引发对人物是怎样的以及有多少人物的疑惑,而使剧本中的这些设置得以确定。因此,为了使得你的次要情节明晰起来,在每个故事线里,确定一个主角及其对手。

关键决定

有些时候,编剧会颇具匠心地将主要情节和次要情节编织在一起,这样它们看上去好像力量均衡。实际上,甚至观众们都很难决定到底哪一个是故事 A,哪一个是故事 B。

你怎么觉得呢,艰苦斗争的编剧?你能分出它们彼此吗?有时候你也不能。而且,当有一次我将次要情节和主要情节搞错时,我自己都吃惊不已。我能看到这个剧本似乎不太好,但我却找不出原因。直到一个机智的朋友发现了这个问题,我才明白为什么。

你怎样才能避免这样的情况发生呢?制订计划是唯一的途径。运用我教给你的每一种方式——对于每个微妙的故事,写下主旨陈述和戏剧性前提(你懂得这个技巧)。用一些形象的方法来帮助自己,有些人喜欢卡片,有些人喜欢表格和流程图。任何可以显示次要情节发展情况的手段,都可以帮助你组织材料。

虽然如此,就算你十分努力,当开始工作时,你也会被自己所蒙蔽。另一个可以采取的手段,便是请一个忠心的、具有文学敏锐感的朋友去查看你的资料,并且诚恳地告诉你他得到的印象。如果你的读者可以很顺利地沿着故事线前进,这说明你也许干得很不错;如果没有,那就回到草稿阶段吧。

次要情节的作用

如果你曾经在宽阔的平原上的高速公路上驾驶过,想想路途不带拐弯、没有回旋地无穷延伸至天际尽头的地平线,你就会知道直线给人的感觉是多么枯燥。的确,如果有另一条路能切断高速公路,这便会激发你的好奇心,特别是当它引向另一侧地平线上的建筑或地理轮廓时。你会想象这条插入的道路会通向哪里;你会好奇地想如果沿着这条路走下去,会发生什么。

次要情节正如那条插入的道路,而主要情节起到类似于直线的作用,在你的面前笔直向前铺开。当然,次要情节可以与主要情节平行发展,因而强化主要情节。但是次要情节同样可以是一个休息站,让观众喘口气;或者它会是个岔路口,让整个路程变得更为复杂。

我们举部电影为例,这部电影还的确是关于旅行的。在《史崔特先生的故事》(*The Straight Story*, 1999)中,主角是一个老人,他得知他多年未见的兄弟即将不久于人世,就决定趁着为时不晚去见他的兄弟一面。但是对手——他的兄弟却住得非常远,主角几乎只能走路过去,因为他不会开车,而且没有任何巴士通向他想到达的终点,最后他决定开着他的园艺车上路。这便是故事 A。

这个例子并不是一部发聋振聩的史诗巨片,实际上,它可能成为电影史上最沉闷的片子之一。但是很快,次要情节打断了怪老头的直线高速公路的旅程。途中,他遇见了一些人,也有一些人遇见了他,这些人彼此产生联系,并且给其他人的生命带来新的色彩。灵光闪烁的表演与温馨甜蜜的冒险,使这部电影看起来像是对生命旅程的精妙视觉比喻。而且,通过它的次要情节安排,这部电影让我们确信人性永存。

当你将次要情节集中起来的时候,最关键的问题便是"联系"。你必须审慎决定你的次要情节会在什么时候、什么地方与主要情节相遇。你是让两个故事平行发展,还是在两者间来回切换?你会用一个岔路口来使观众吃惊,最后又跳回主干道吗?你会使得主要情节"骑"在次要情节头上,当你在准备新的大胆的主要情节动作时,用次要情节来使观众分心?不管你的决定是什么,问题的关键是要有计划,然后用与处理主要情节同样谨慎的态度,去处理次要情节。

9.2 严峻的考验

所有你运用于主要情节的测试,同样适用于次要情节。但是也许最好的测试是,要明确在你的故事里添加怎样的次要情节。一个比较好的方法,便是在下面这句话的空格处填上:

这部剧本不仅是关于_____,而且还是关于_____。

比如《外星人E.T.》,"这个剧本不仅是关于外星人发现我们的世界,而且还是关于他们如何与我们成为朋友的故事"。比如《返家十万里》,你可以说"这部电影不仅是关于一个女孩与其父亲妥协,而且还是关于她如何获得独立能力的故事"。

这一步会确定次要情节在剧本大纲中的位置,它同样有助于你开始次要情节的主旨陈述。简而言之,它会帮助你决定怎样让次要情节和主要情节联系起来,并对主要情节产生影响。

回到迄今为止所有你已经做过练习的剧本上来,做以下工作:

1. 用上述方法去分析这些剧本,写下结论。

2. 给每部电影的故事 A 和故事 B 列下清单,包括以下常见因素:干扰事件、主旨陈述、主角、对手和关于故事 A、故事 B 的主要问题。

Chapter 10
潜文本

SUBTEXT

在你的一生中,你会经常听到以下习语:此时无声胜有声;行动的表现力,远比语言有效。但是在你写剧本时,这些"陈词滥调"的说法,会成为你的首要原则。

人类的知觉很容易产生厌倦,简单的认知已无法使得我们产生兴趣。我们期望看到别的东西,我们热爱惊奇。比如,在乡下,看到一个巨大的红色谷仓并不会吸引我们的注意力太久。但是换个角度,如果这个谷仓是建立在一堆污物之中摇摇欲坠的腐烂木头之上,我们也许会再看一眼(并且失望地摇摇头)。但是如果有巨大的白色字样"基督救赎"印在谷仓屋顶上呢?

当然,我并不是要亵渎圣物。我是在乡下长大的,而且那里的确有这么一个谷仓。谷仓的所有者,或者谷仓的看管者,是位虔诚的基督教信徒。路过的人都会站住,并且惊讶地睁大眼,对肮脏和虔诚的奇妙结合感到难以置信。这便是我第一次如此深刻地体会到视觉的力量。在现今这个时代,感谢电影和电视的存在,让我们已经习惯了视觉轰炸。为了写出一部好剧本,你必须掌握如何建构视觉惊奇的方法。

就像画家画画是为了交流思想、激发思考,剧作家也同样如此,只不过我们的媒介不是帆布上的颜料,而是长50英尺宽20英尺的银幕上的动作。当我们将一个简单的实体放大,用它来引发美学感受、传达理念或者激发思考时,我们就是在创作艺术品。因此,我们创造出来的到底是什么,反而不如确信我们的创造有意义来得重要。在这个观念的指导下,也许我们最重要的工具便是**潜文本**(subtext)。

具体而言,潜文本可以指细微差别、提议、暗示、联想、暗语和弦外之音。在电影中,原封不动地展示事实或者让人物说他们本来想说的话,这种情况叫做"有啥说啥"。你的剧本的很多内容可能正是如此,而且你并没有办法去避免这种方式。但是你剧本所体现的最强烈的时刻,便是那些增加了复杂的细微差别、提议、暗示、联想、暗语和弦外音的时刻。一般而言,你可以用三种方式来展示潜文本——视觉、动作和对话。

10.1 视觉象征

人类是高度依赖于视觉的动物,而且视觉象征就是所谓"此时无声胜有声"的原因。当你写作一个视觉象征时,银幕上的形象有着意味深长的含义。这会把我们带回到早期电影还没有对话的时候。当时银幕上只有形象,因此,只能依靠形象来展示电影制作者想要让观众知晓的所有事情。当电影能发声时,对话扩展了电影传达更准确的解释信息的能力。但是对话从未取代过视觉形象——特别是剧本中的视觉象征。我怀疑它永远不可能如此。

新手编剧面临的巨大挑战之一便是:完全不需要任何台词,就能够将可以传达特殊意义的强烈视觉镜头组合起来。如果我们成功,那么结果便是一首诗就此产生。

《天使之城》给它的人物和他们的状况提供了大量的视觉象征。举个例子,当作为对手的玛吉,首次出现在银幕上时——场景是在城市里的一幢建筑物内。街道千疮百孔,因为有人在打地洞,破碎的水泥路面,路障和阻塞的车辆冲撞着,然后……

一辆自行车从车流中出现。骑车人是一个苗条而面色苍白的女人,她在拥挤的车流内灵巧穿行,自如地将这些嘈杂抛在后面。

到达医院,她跳下自行车,推着车经过员工通道然后又在会诊室出现。她取下了自行车帽,脱下耐克外套,然后开始做消毒清理工作。她的呼机响了,她查看了片刻便匆忙离开。

她走向手术室,完成了最重的形象转换——原来她是一名心脏外科医生。

如果我们是被告知这个故事,而不是看到人物的所有行为,比如一个护士或者清洁工看到她走进来,然后说:"这就是玛吉,她是外科医生。"这便是平淡、沉闷而无趣的叙述。相反,玛吉骑着自行车的生动形象会有效地刺激观众的大脑。同样,她经过建筑工地和拥堵的公路的旅程,也提供了关于她人格以及职业的复杂线索。

首先,一个骑着自行车经过拥堵的公路的女人,显示了充沛的活力和无畏的精神,特别是当她原本可以捧着杯香草拿铁,躺在宝马车里,享受着空调吹来徐徐清风的时候。

其次,一个心脏外科医生会做什么?去一家医疗机构(手术室之类);面对着残存的躯体与僵化的器官作斗争;经历混乱,修复生命。

看到这些视觉表现是如何起作用了吗?这种视觉象征的作用很显著,远比连篇累牍的描写段落强很多。相比于听着第三方来描述玛吉,我们更希望看到她的行为(这远比前者更刺激)。实际上,当我们看到她从一个无畏的路人,变成专注的心脏外科医生的时候,这个人物便牢牢抓住了我们的心。

10.2 动作潜文本

动作潜文本就是对动作总比语言更有力量的观点的最好的证明。它说明了人物的所有行为都会具有双重意义。

如果看过《陆军野战医院》(*M. A. S. H*, 1970),你也许会想起人物聚在桌旁玩扑克,彼此开着玩笑的情景,而此时外面正炮火连天。

《这个杀手将有难》(*Grosse Pointe Blank*, 1997),一部黑色喜剧,以一个合同杀手准备开始一项工作为开场。但是,他的行动太随意,而且在某种程度上,就像是一个普通的商人开始一天普通的工作一样。

在《断锁怒潮》(*Amistad*, 1997)中,当轮船被狂暴的海浪冲击颠簸时,一个女人正在生育。冲破他们的锁链,奴隶们将新生儿举起,在手间传递,听着他的新啼,如同听闻天籁圣歌。至少,此刻,在一大群人的簇拥下,婴儿是自由的。

然后,孩子的妈妈,将婴儿抱在怀里,站在甲板上,面对着等待着她和她的孩子的地狱般的奴隶生活状况。她的脸僵住了,她回头看着宽阔的大洋。然后她走了回去,越过栏杆,为她和孩子选择了死亡。

诗人埃德加·李·马斯特(Edgar Lee Masters)曾经写道:"我们在现实前失语,我们无法开口说话。"生命中有许多时刻,强烈的情感会使得我们陷入无声状态。我们能做的一切,便是呆站在原地,拼命地眨眼睛;或者敞开胸怀,拥抱另一个人;或者是逃走,甘于失败。

"9·11"世贸中心的灾难便是这样的事件。在那可怕的一天,摄像机所捕捉到的动作使得所有的语言都变得毫无意义。我们只有看到人们在做什么,我们才明白它真正的含义。

动作潜文本显露了比语言能传达的更深层次的、更复杂的意义。事情往往不是你看到的那样简单。它们所包含的可能比看上去的更多,或者更少。但是银幕上的动作所显示的关于人物及其状况的信息,是言语无法简单传达的。

10.3 对话潜文本

人们总是在说一些言不由衷的话,或者是发现他们努力想去表达自己真正想说的话,这也许是人性奇特之处。有时候,这个问题包含着文化偏见因素。在美国,如果你看到一个人患了重感冒,较为礼貌的问候是"你怎么样",较为礼貌的回答是"我很好",不管你是否在意这家伙到底感觉如何,或者是他其实想说他病得快要死了。礼貌规范有时候要求我们去说一些特定的话,即便我们的本意并非如此。

这种类型的对话潜文本最为常见,但并不是最重要的。通常情况下,我们会很费力地说话,因为情感驱使我们抑制住不要说出自己想说的话。也许我们对真诚的谈话会感到尴尬,因为它使我们感到自己把灵魂脆弱之处暴露了出来。另一个我们会抗拒的原因可能是我们担忧对方的反应。

在《屋顶上的小提琴手》(*Fiddler on the Roof*,1971)中,特伊问道:"你爱我吗?"对于这个问题,高尔德竟然愤慨地回答:"我是你老婆。"他重复这个问题,她保持逃避的姿态,他坚持。这真是个难缠的局面,但是最后她承认:"我想我是爱你的。"然后他们两人得出结论:"什么都不会改变,即便是二十五年后,想起这件事就让人高兴。"这就是音乐剧场中最为剧烈和兴奋的时刻。

在《天使之城》中,当病人死在她的手术台上时,玛吉必须告诉他的家人。为了保持一种职业态度,她不能够纵容自己说出可怕的话来。她将这种情绪掩盖在一堆医学术语下,这样便可以迷惑病人家属。最后,玛吉结结巴巴地说:"他挨不过去了。"这个家庭便在愤怒中崩溃了,然后玛吉找到僻静之处去哭泣。当她职业化的一面消失时,我们能理解她是个温柔的人,具有强烈的同情心和敏感的心灵。(塞思,当然也看到这一面。)

《当哈里遇见莎莉》展示了一对男女在咖啡馆里的场景。一开始,场景按照我们所能想象的常规发展。莎莉说她能假装性高潮,哈里说不可能。于是她沉着而大声地假装性高潮,向他证明他错了。她的次要目的,是为了使他兴奋起来,而从他的表情来看,她做到了。更可笑的是,隔壁桌的一个女人告诉她的侍者:"我要来一份她吃的东西。"瞧瞧这潜文本!

电视连续剧《白宫风云》(*The West Wing*,1999)是关于美国总统和他的下属试图管理国家的故事。有一个情节是关于总统面临死刑判决的问题。他会下达杀手的死刑判决吗?这个决定只有他才能够做,但是他的下属试图帮忙。在这个过程中,他们发现了自己的野心。在这些人中,他的新闻发言人意识到如果死刑判决下达,她必须向公众宣布。她从未遇见过那个被告,而且考虑到他犯罪的残忍程度,她更没有理由去关心他。"我只是希望,"她叹息着说道,"我不知道他的母亲名叫索菲娅。"这便是我们都会赞美的潜台词。

10.4 信任你的观众

好的,看看这里:

外 大峡谷—日
装上攀岩装置,**麦克和莫娜**吊在悬崖上。麦克够到一块突起的石头,石头哗哗地掉落。

麦克

这些石头很松散。

莫娜扫视着突起的石头,点点头。

麦克

你必须小心点。

他指着突起的石头。

麦克

它很危险。

这个节拍发生在危险的地点,而且它的动作和对话潜文本也都非常清晰地暗示了危险程度。莫娜看到并且意识到了这个问题。而且,麦克提供了三次很直白的警告。但这是电影,观众能看到并且听到所有的事情。如果视觉形象和潜文本只不过暗示了一个观众很容易猜到的事情,那为什么剧作家会感到动作如此难写呢?

把《草竖琴》(*The Grass Harp*, 1995)拿过来,用批判的眼光来看它。做一做"清单"练习,然后告诉我,这部电影是否让你偏头痛了?如果是这样,你已经进入状态了。

这部电影改编自杜鲁门·卡波特的小说，电影制作者试图保持卡波特丰富的叙述散文气息以及他纯正的人物形象。但是不幸的是，他们两方面都没有做好。而且，第一幕深受过度叙述和画外音的毒害，它试图说明以下方面：

- 观众会看到什么。
- 观众已经看到什么。
- 观众刚刚看到了什么。

在整个第一幕中，背景故事被一遍又一遍地讲述，而且主要观点已经被复述了三次以上。它花了40分钟长的时间，只是为了让观众搞明白年轻的主要人物并不是主角，实际上，主要人物的阿姨才是引发剧本核心问题的人物，同时也引发了核心冲突。观众有必要去等待40分钟，才搞清楚哪一个人物是主角吗？我认为没有这个必要。

实际上，对于《草竖琴》而言，只要改变一下切入点便可以轻易地说清楚大部分背景故事。画外音减少到只用几行尖锐的台词。（拜托各位，当画外音能够为动作增加一些特殊的东西时，再使用它。）第一动作段落可以只用简短而戏剧性的20分钟便可结束，而不是冗长的40分钟，将信息不断地重复，以至于我每次在课上放这部片子，我的学生都会因它而睡着。

这部影片影像差劲，潜文本又太明显，只有使用行业内最好的演员才能给剧组增添一点光彩。但是那些制作这部电影的家伙们，竟然会去怀疑他们的观众。他们觉得我们不够聪明、也不够睿智去理解这部影片的深层含义。他们非得向我们解释动作是什么，一次又一次地解释，直到我们想呕吐为止。

当然，无论你写得多好，你的观众中总会有一些人不明白剧本的意思，但是你不能迎合水平最低的那部分人。现在，在你的生活的世界里，那些观众可以随意观赏任何一部电影，从《指环王》(*The Lord of the Rings*)系列到《美丽心灵》(*A Beautiful Mind*, 2001)，再到《恋爱中的莎士比亚》(*Shakespeare in Love*, 1998)，所以请相信他们，去研究潜文本吧。

1. 在早先针对其布置过作业的每部电影里,找到并写下至少三个关于视觉象征、动作潜文本和对话潜文本的例子。在每个例子中,简要阐述你对潜文本的理解。

提示! 无论你看哪部电影,都要形成做练习的习惯。但是请友好一些,安静地在脑海里做自己的练习,这样你才不会打搅跟你一起看电影的人。(当我评论的声音太大时,我的家人如果在场,他们经常威胁我,要把我扔到房子外面去。)

2. 在你自己的剧本(或者其他电影剧本)中,找到至少三个具有同样元素的例子,写下你所认定的潜文本的含义。

Chapter 11
第三幕

ACT THREE

　　这个时刻，是你的观众翘首企盼的。你的努力，终于有了结果。最好 20—30 页，会使得你前面的 80—90 页的内容物有所值。

　　想象你在爬珠穆朗玛峰，最后你快要到峰顶了，然而你突然停了下来。尽管付出了这么多的时间和情感，更不谈金钱，你却收拾好帐篷，回到山脚下。这种伤心欲绝的感觉，便是当一个观众看到编剧在第三幕中突然改弦易辙时所经历的。当然，唯一的解决之道，便是用尽你的全力，将故事完成。

　　令人失望的是，当充满活力地完成了前两幕后，编剧创造力的源泉会越来越干涸，任凭人物被风吹干。编剧想要完成这次长跑，但是，就像马拉松选手一样，他们撞到了南墙。如果观众们抱怨，"是个不错的故事，但可惜它的结尾支离破碎"，那么你再艰辛的努力也会付诸东流。

11.1 最后的欢呼

　　大卫·马梅曾经说过："编剧的作用并不是制造冲突或者混乱，而是建立秩序，牢牢记住这一点很重要。"从最开始起，你的主角就是为了寻求一个能使得他的世界恢复正常秩序的解决方式。障碍出现，并且阻拦她。因为不确定的未来,所以她在第二阶段的结尾难以拿定主意,面临如此大的困难,以至于她几乎放弃。但是她最终决定继续下去。

第三幕,在剧本的最后20—30页的内容里,也就是人们惯常称呼的"最后的高潮"(the final push)以及"大结局"(the big finish),在这里,你将结束动作,使结尾变得紧凑,并且"回报"观众。

展示主角解决问题的过程

在寻求解决问题的过程中,主角采取了各种不同的方案,但每一个都行不通。这些经历,最后会以某种方式来改变他。实际上,改变使得他有了新的决心。当实施最后一个动作方案时,他面临他最后的阻碍。就像参加障碍赛的良种马一样,他积蓄了他最后的力量,而当他最终成功或者失败时,高潮来临了。

在《天使之城》中,塞思知道自己爱玛吉,并且想同她一起分享自己的生命。但是她拒绝让一个天使成为自己的爱人,而且她不想去承担如果他降落人世后,会发生在他身上的事情。但是塞思不顾她的反对,决定降落人世(最后的决定)。他永久地改变了(从天使变为凡人),他发现自己在一个陌生的世界里,他没有身份证,凡人生来就知道的事情,他却一无所知,比如说钱、交通和科技。

更糟糕的是,塞思最后来到了医院,玛吉却离开了。塞思如孩子一样幼稚,却面临着最后的障碍。他不知道去哪里才能找到玛吉,但是他必须找到她。他所经过的每一英里,都在考验着他的决心,并且使他的力量衰竭(最后的障碍)。当他最后来到玛吉的门前,并且按响了门铃(故事的戏剧性高潮),塞思会赢得玛吉的爱吗?她会把他视为一个男人并接受他吗?她会和他一起分享自己的生命吗?她打开了门,在观众的心里,她的出现最后一次引发了核心问题:塞思会分享玛吉的生命吗?

当玛吉看到塞思,并且意识到他是个人类时,最后的问题找到了答案,片中人物和观众一起击中了故事的情绪极点。从这个时刻开始,情节开始向最后的解决方案(也被称为"结局")进展。当然,在电影中,编剧给出了一个最后的讽刺性的扭转,而且基本没有回答核心问题。但是这并不重要,不是吗?

完善主题和人物关系

对我而言,影片《天使之城》要解决的核心问题是:塞思能够赢得玛吉的爱吗?回答只有两个:能或不能。

有人会认为这部影片暗含的主题是:"细心呵护你的爱,你就会拥有真情。"影片讲述的是一个具有悲剧色彩的英雄的故事。天使塞思为玛吉牺牲了一切,得到的仅是短暂而快乐的幸福,然后瞬间消失。如此看来,这个故事究竟要表达什么呢?

爱 → 失去?

当然不是!这部影片和另一部叫做《美梦成真》的情感主题片非常一致,它们都可以归结为:

爱 → 赢得
尽管困难重重、前途未卜,塞思仍然要赢得玛吉的爱。

塞思面临灾难,但心存希望,因为他保持着那份对玛吉的爱,强烈的爱帮他排除一切障碍。然而最终,他明白了人类生命的脆弱单薄和无所依傍。这就给"他丧失了爱人"这一最终结局,做出了令人无法释怀的注解。换句话说,从更深层的情感来看,这个故事的意味在于告知我们希望、信仰和爱是不能盲目去追逐的。无论做什么事,我们必须把握自己的方向,理解自己追求的东西,并为之承担责任。正因为影片将这几个方面都有效地呈现出来,我认为《天使之城》的第三幕非常到位地完成了主题和人物关系的塑造。

"回报"观众

你曾经有过这样的经历吗,当你走出剧场,或者离开电视机以后,刚刚看到的情境还历历在目?那么几天、几周,甚至数月以后呢?当你想起那部特别的片子中的情境,你仍然被它深深吸引吗?

有些电影是如此令人心悦,让你永远无法忘怀。对我个人而言,这样的电影有《蓬门今始为君开》(The Quiet Man, 1952)、《窈窕淑女》、《人鬼情未了》和《与狼共舞》，在此仅举几例。有的电影虽然很难看懂，但是它们传达的感情却是如此强烈，因此有效地回报了观众，长久地印在观众心里。《拯救大兵瑞恩》(Saving Private Ryan, 1998)、《时时刻刻》(The Hours, 2002)和《钢琴教师》(The Piano Player, 2001)等就是这样的例子，当电影结束，银幕暗淡下来，它仍然久久攫住你的心，令你回味无穷。如果这样的电影以哀怨伤感作为结尾，我们必然不会记住它。因此，清楚怎样留给观众满足感和敬畏之心，是编剧所必须悉心磨炼的最重要的技巧之一。

你是否希望你的观众进入剧院以后，了解到那些他们以前无从知晓的东西？你希望他们从中感受到什么？这是你所有工作的终极目标。一个好的结尾，能够让观众体会到你所要表达的情感。同样，一个精彩的结局，会使观众在离开时，感叹你带给他们的东西，比预期的多得多。

11.2 结局的几项禁忌

老套侦探的解决之道

一个著名的侦探终于明白了"谁干了这件事"，所以他要把人物集中在一起，解释这项罪行是怎么犯下的，并说出了罪犯的名字。的确，我们面对佩里·梅森、杰西卡·弗莱彻和郝丘勒·白罗时，总会期待看到这样的仪式。虽然这些家伙会给我们逗点乐，但是他们总是喋喋不休地复述事实，这是否会让你感到烦闷呢？

另一方面，当警探哈里抓到罪犯，冲他咆哮："滚！去你妈的！"你的后脑勺会不会毛骨悚然？

那就对了，老大！戏剧性动作会增强你作品的力度。记住，无论何时这都能奏效！

尽管你在一部犯罪片里，能靠着"老套侦探的解决之道"而蒙混过关，但只要试想一下，《天使之城》的结尾如果设置成塞思向卡西解释他和玛吉之间发生的事情，或者假设《尽善尽美》的戏剧性高潮变成梅尔文在咖啡馆向同桌的人讲述他和卡罗之间的事,会是怎样糟糕的场面?

解释性结局会让人一听台词就觉得无聊得犯困。的确,你可能需要必要的解释性台词去完善你的故事,但是这种情况一定要慎重处理。写下你所能掌握的最强烈的戏剧性动作,然后将它们与精妙的台词灵活地编织起来,使得它们合情合理并饶有趣味。

病急乱投医

当主角/对手的矛盾建构发展到白热化阶段时,另一个角色突然闯入,或一桩离奇的事突然发生,由此解决了剧情的问题。所有人都见过这样的结局。我们很想知道究竟是什么使得编剧着了魔,做出这样的安排。

最可怕的场景设计是主角陷于致命的搏斗,他被逼上绝境,处于死亡的边缘,突然一声枪响,暗杀者毙命,主角得救。那么这一枪来自何方?一个支持者,或恐怖组织中的另一对手?这个我们之前从没见过的人,却开了致命的一枪。在一次变故中,主角陷入无法逆转的境地,这时突然出现某种超常的力量,比如全然的巧合、空间的逆转或上帝的声音,带来一种解决方式。剧中人物感叹:"真是一个奇迹!"——观众却开始叫苦连天。

有些剧作家误以为这些滑稽的错误是所谓的出人意料的结局,但是出人意料和粗制滥造完全不同。有一种愚蠢的做法是制造闪电式的结局,这种强制性的行为是不负责任的,它们使观众坐立不安,备受欺骗。这样的结局甚至有可能招致观众的哄堂大笑。

永远记住这一点,戏剧问题必须围绕着主角,他或她必须亲自解决这个问题。这就是你应该为观众准备的东西,也是观众所真正期待的。对于一个剧作家,急于求成只会使你的人物显得被动而单薄,更有甚者,会使原本很好的故事变成一个笑话。

大团圆式的结局

大团圆式的结局就是给故事画上一个欢快圆满的句号,事实上,你甚至可以给最悲伤的戏剧以圆满的结局,问题是,有这个必要吗?每个剧本都需要美好的终结吗?

大多数人的确偏好圆满的结局，但是剧作家不能被其左右，成为他们意志的奴仆。事实上，观众并非一定想要快乐的结尾，他们只是希望看到适合故事本身的结果。如果你顺着悲剧式死亡的思路构思你的主要人物，但最终却让他跟女主角走了，观众会非常厌烦。

观众不会预知你想要表达的意思，只能基于你设置的动作去看、去听，然后领悟出来。在第三幕里，观众必须作出最后决定，也许你想让他们看到"风雨之后见彩虹"的大团圆式结局，或者让他们思考"生活不都是鲜花和甘露"。无论如何，你必须知道你要表达的思想，然后坚持到底。在这种情况下，如果有足够的空间去构思一个完美的结局，当然好。但是如果不合时宜，请千万记住，你有责任坚持作品的真实性。写作圆满的结局只因你的故事需要它，这样才能打动观众，而不仅仅是理所当然、只为安全起见。

11.3 大结局

接下来介绍几种类型的大结局，供大家参考练习。

唯一的结局

这种结局不可逆转。事实上，如果观众看到的结局出乎他们的意料，他们必然愿意掏腰包。但是，如果一个电影编剧创作一部英国人最终在美国解放战争中赢得胜利的剧本，这当然超出常人所能接受的范围。

当我们观看詹姆斯·邦德、印第纳·琼斯或蝙蝠侠时，虽然明知主人公必将胜利，但是在他们与敌人作战的紧张时刻，我们仍然为之捏一把汗，心都悬到了嗓子眼。此类电影，通常基于某个古老的民间传说，例如《情话童真》，或者梦幻题材，例如《美梦成真》。它们带领我们在不可思议的神奇世界畅游，但是在期望得到最后印证前，我们早已知道主人公一定会取胜。

有时我们在进入剧场前，就知道故事的结局，如《安妮少女日记》(*The Diary of Anne Frank*, 1959)、《泰坦尼克号》(*Titanic*, 1997)、《妙手情真》

(*Patch Adams*, 1998)。还有离奇古怪的《冰血暴》(*Fargo*, 1996), 它代表一种另类的剧作模式。但是这些作品, 是在一定事实或史料的基础上形成的, 因此不用费神考虑其他结局。对于这样的影片, 其观赏价值在于——主人公陷入困境, 然后自我解救。影片的看点在于优秀老到的演员的表演和强烈的戏剧性动作。

轰动式结局

这种轰动式的结局导致出人意料的震惊效果, 构思起来相当困难。现代观众看过大量的影视作品, 成千上万次的经验让他们非常敏锐, 可以在形形色色的电影中找出几种基本模式。在第三幕中, 他们一直在猜想故事的结局。(试想谁看着浪漫故事时还会怀疑年轻男女的圆满结局呢?)

就我个人而言, 我比较偏爱出人意料的结尾, 但是很少有影片让我看过之后感叹:"嘿! 真没想到会是这样!"这几年来,《罗拉秘史》(*Laura*, 1944)、《精神病患者》(*Psycho*, 1960)(最为明显)、《末路狂花》(*Thelma and Louise*, 1991)、《美丽人生》(*Life is Beautiful*, 1997)和《第六感》均属这类影片。不过因人而异, 有的影片吸引这个人, 却不吸引另一个人, 每个人都有他自己的喜好。但是我相信大家都会同意, 如果奏效的话, 这样的结局确实妙不可言。

就像佩恩和特勒的魔术, 令人惊奇的结局简直就是"障眼法"(misdirection)的杰作。故事引导我们走向误区, 使我们被莫名其妙和荒诞不经的事困扰。剧作者披露一定的线索, 诱导我们得出错误的结论, 又不至于使得我们产生怀疑。以下是几种流行的障眼设计法:

隐藏在平行视角之后。(主人公忽视了表面的东西。)
最不可能的对象。(谁会想到是祖母所为?)
迷失在人群中。(答案隐藏在成千上万张面孔中。)

《推定无罪》(*Presumed Innocent*, 1990)就是运用了上述设计, 收到了很好的效果。我们明白主人公没有犯罪(哈里森·福特是一个谋杀犯吗? 绝不!)。在第二幕里, 我们认出了真正的凶手, 因为没有其他人可供参考。而提供一到两个副线人物也许会使得悬念保持更久。

聪明的做法是牢牢记住离奇的情境并不一定导致离奇的结尾。在影片《双重阴谋》(*Double Jeopardy*, 1999)里,一个涉嫌谋杀丈夫的女人发现丈夫还活着。在法律的机制下,她不能以同样的罪名被再次判刑,因此一旦出狱,她就可以实施真正的杀夫计划,并逃离法律的制裁。这是一个颇具诱惑的设置,但是我从不认为扮演女主人公的阿什莉·贾德在影片中能够独立完成一桩谋杀案(贾德女士是一位优秀演员,但是她既不是贝蒂·戴维斯,也不是琼·克劳馥),而影片的结尾也完全在我的意料之中。

《将计就计》(*Entrapment*, 1999)中安排了两个角色,一个是保险业女调查员,一个是强盗头目。他们都相互隐瞒欺骗(在此不具体提及),但是观众已经预知他们之间的阴谋诡计,因此结局早已明了于心。这时观众的快乐来源于不屈不挠的角色双方相互挑衅、追逐、示爱和捉弄的场景。

有时候,当剧作家试图设置一个离奇的结局时,他往往故意拖延高潮和问题解决的时刻。当你的观众知道了结果,他们会发现这样的拖延仅仅就像商业电视剧,仅供茶余饭后消遣,像在说:"嘿等等,还没完呢!接着看下去,我会给你一个新转折!"其实这样的牵强设置,会毁坏一部好电影。《将计就计》的结尾就让我感觉自己像上钩的鱼。我确实为其画面所折服,但是更喜欢一个明晰而确切的结局。

成功的秘诀

当然,最好的结局是那个行之有效的结局。这就意味着,首先让观众看到诚实的、合适的结果,以满足他们的心理认知。

就我而言,最为恰当的例子当属奥斯卡获奖影片《美丽人生》。这部神奇的电影,用伟大的方式将人类的各种情感融合在一起。温馨的喜剧与深刻的悲剧并行发展,仅仅因为两者都存在于真实世界中。在影片的最后,机智而充满爱心的父亲做出了极大的牺牲,与此同时,他似乎实现了儿子最大的心愿。

《美丽人生》将欢笑与辛酸巧妙并置,是我所见过的最好的结局。有人批评其画面缺乏真实性,坚持认为它是大团圆式的结尾,没错,确实是这样。但结局就在观众眼里,对我奏效并不意味着对你也奏效,因为这已经属于艺术品味的问题了。

11.4 老师的最后一句叮嘱

品味,有时确实是我们内心世界的外化,但是也有负面影响。我们都知道当一个佣人告诉他未来的雇主"我不打扫窗户"时,这对于那些的确想要清洁窗户的雇主们来说,是一个真正的挑战。

同样,一句"这不合我的胃口",也能成为剧作专业的学生们坚定不移的借口,以此来拒绝学习戏剧的基本原理。当然,这些学生们仍旧以以往的方式来做事情(抱怨着没有人读他的作品,而不去探寻其中原因)。

每每提到这一话题,我都引起学生们的抵触情绪,因此我总是尽我所能来延迟这一课。但是,老天啊,孩子们,这本书已经接近尾声了!

你自以为达到了几近完美的程度,就像成就了一个完美的结局一样。可是有的人读过之后,(客气地)认为它并不奏效。无论何时都存在一个矛盾:你喜欢的东西别人不喜欢。那就寻求一种共同认知吧,如果六个人读了你的剧本,其中五个人喜欢这样的结尾,那么这一定很安全。如果五个人都指出,你的结局无力而做作,你就要考虑从头再来。

"我是艺术家!这是我的作品!"是的,我知道这种说法理所当然,但事实上,有的人认为成为艺术家,不过是寻找某种社会所能接受的借口去标新立异,做一些自认为合适的事,不用考虑与除他以外的其他任何人发生呼应。或许小说家或诗人可以这样做,但是,我无数次地强调,戏剧是协作的艺术。因此首要的一点在于,你的目标是触动观众。你必须通过阐释者——演员和导演来达到这一目标。他们共同将你的作品公之于众,因此你总是要从他们那里得到回馈和投入。如果忽视你的观众和阐释者,就是搬起石头砸自己的脚。

卢·格兰特(Lou Grantt)(是的,这的确是她的名字,噢不,她一点都不像爱德华·阿斯纳)是我的第一位剧作老师,也是《好莱坞剧作家》(*Hollywood*

Scriptwriter)的前任出版者。卢以剧作咨询顾问的身份开始她的事业,她天生有种提携新手的才能。

遇见卢,是在我们都拼命挤进电视剧《缇瑟镇》的大门之时。作为电影学院的毕业生、曾经的电影制作人、琳达·辛格的门徒之一,卢只是先于我几年入行。她不仅教导我写剧本,也教我电影工业的知识,要知道这并不是件容易的事。

入行前的二十年里,我为出版物写文章,无偿为剧院制作和导演大量的演出,其中包括由我自己编剧的三部作品。我发现自己很自负,强烈地(虽然错误地)坚持个人观点,并且不知道下一步将会做什么。起初,我与卢争论她所说的每一句话(具有讽刺意味的是,现在我的学生同样如此,让我想起一句老话:"风水轮流转。")。

我们早期的接触都发生在我遇到困难的时候。我尤其记得有一次,她在电话里告诉我,我为出版社写的那篇文章是叙事性散文,不属于剧本。我强烈抗议:"卢,这是我的故事,我想怎么写就怎么写!"(就像大多数初学者的做法那样)

卢不安地回答:"如果你不为别人只为自己写作,那好,你可以随心所欲。但是如果你想以剧作为生,你必须清楚市场需要什么,你提供这样的东西给他们,否则没人愿意跟你合作。"

这件事对我打击不小,但是我并没有投降。我像个被宠坏的孩子,继续到处碰壁。期间有一个小插曲,我因为坚持自己的艺术追求,与制片人争执不下,而丧失了制作电影的机会。那时我才开始意识到卢是正确的,意识到剧作家只是庞大复杂的车轮构造中的一个小齿轮。

我们应该怎样协力完成一部作品呢?曲意迎合吗?把自己的观点扔到窗外?不,当然不是!但是无论如何,要细心挑选你的合作者,必要时再坚持己见。如果导演需要一个眨眼而不是做鬼脸,这样的变动不算什么;但如果他要改掉大半个剧本重新编排,你就必须坚持自我(即使冒着失去这桩买卖的危险)。

的确,有的人把你的作品大卸八块,仅仅因为不合他的胃口。他们要求重写,并不是为剧本着想。你就要早早提防这样的合作者。他们的口味和做法绝对会葬送你的剧本(例如很多人血本无归,甚至完成后不守合约)。你可以选择性地倾听他们的说辞,但是千万别落入他们的圈套(他们会有好多主意,因此我会听完他们的话,然后就将其当成心灵鸡汤,没有帮助,但也无甚害处)。

另一方面,如果几个读者一致认为你的剧本结构松散、逻辑混乱,那么问题就在于你自己了,必须正视它。重写剧本的确是个挑战,就像你看着自己孕育的宝宝,感觉将要背叛这可怜的孩子一样。自欺欺人是一种灾难,还不如诚恳面对你的问题,然后悉心改过。

只要记住:成为一个编剧,并不是一个自私的过程。不能仅凭你个人的品味喜好,也不能仅仅要求无功无过,而是要运用你的聪明才智,尽全力为观众创造最优秀的作品。为此,请铭记于心:

> 没有无根之木、无源之水
> 90%的作品都是再次创作
> 赶走自负,方能给创造留下空间

1. 准备一个"清单",分析三部你看过、但没有用以下练习回顾过的电影,对每部电影的结局一一进行注解。影片怎样——
   a. 解决故事的核心问题?
   b. 完成首要主题,并且形成人物关系?
   c. 提供一个逻辑性强的结局来满足观众?
   (注释:如果结局没有达到以上要求,分析原因。)

2. 为你的剧本结局拟一份注解。它是怎样——
   a. 解决故事的核心问题?
   b. 完成首要主题,并且形成人物关系?
   c. 提供一个逻辑性强的结局来满足观众?

3. 写完你的剧本!别再犹豫!

Chapter 12
生手上路

OPENING DOORS

别人都说,写出来容易,卖出去难。

学完所有的预备知识之后,你就要迈出那至关重要的一步了:动手写(没有剧本,也就没有卖出去的问题,对不对?)。但是,千万别操之过急。在你还没写出个像样的玩意之前,先不要为找代理人和制片人空发愁。(我课堂上的那些学生老缠着我问:怎么找代理人呀?可他们连半个字还没写呢!)

当然,如果觉得知识还不够用,你尽可以再找些更深奥的写作指南来读。在这方面,有很多挺不错的书能为你支招。当你最终下定决心准备开始写作时,一个真正的难题出现了:怎样组织你的原始素材。我不想对此长篇赘言,因为讨论这个问题的书已经汗牛充栋,而且很多都不乏真知灼见。我只想谈几点我个人的建议。

写剧本的人往往会迷失在电影工业复杂现象的迷宫里。保罗·斯莫尔(Paul Small)从事代理人工作已经十五年了。他说:"我们最喜欢的方式就是,不按章法做事。初涉者必须对电影这一行业的复杂程度有清醒的意识。大家都说,电影是一门艺术,也是一桩生意,而事实上,艺术只占一小部分,它归根结底还是一桩生意,而且是相当难对付的生意。"斯莫尔忠告那些做演员和编剧的人:"在这一行里,见机行事、随机应变永远是行事准则。"他的意思是,电影业瞬息万变的复杂状况决定了你找不到一条万金油式的行事准则,而顶住恶浪的唯一原则,是随机应变和充满激情。

寻找适当的表达方式和有商业价值的素材是每个编剧的必修课。即便是最具天才、最具艺术性的编剧,也会在"商业"这道门槛前心虚腿软,甚至栽跟头。那究竟有没有指点迷津的神奇宝典,让人不掉入陷阱,不撞上南墙呢?每当我问那些电影行业里的行家里手们:"什么样的剧本才能吸引你的眼球,什么样的立马会被毙掉?"答案几乎无一例外:专业与否是衡量的唯一标准。我再强调一遍:没有人希望和一个业余菜鸟合作共事。

更确切地说,行家们是不会傻到在一个业余菜鸟身上,白白磨掉自己的宝贵时间的。别指望代理人和制片人会来教你怎样写剧本,他们的工作是卖掉剧本和拍电影,这点要弄明白。他们在你身上磨掉的每一分钟都是钞票。所以,最吃香的永远是具有专业素质的编剧,而不是那些菜鸟。

12.1 专业素质

我曾经在一些非营利性的剧场工作。和我合作的那些演员,可能从没靠演出赚过半分钱,但他们依然有很高的专业素质。他们中的一位曾对我说过这样的话:"虽然我是个业余演员,但我的表演不能是业余的。"这句话,同样可以被编剧们拿来当座右铭。一个专业编剧在工作中必须摒除软弱、犹豫和焦虑不安,而要让你的合作者从你身上看到才干、自信以及个人风格(即使心里再紧张哆嗦,表面上永远都要从容镇定,面不改色心不跳)。

你可以采纳童子军队员的口号"时刻准备着",了解什么是你需要做的,并试着去做。

当然,要让代理人或制片人对你的剧本感兴趣,你就必须学会如何沟通,并最终说服他们。编剧们往往会在无意间暴露自己的迟疑,从而导致制作者对你剧本的印象大打折扣。因为他们会觉得你对电影不懂行,而且对自己的作品没自信。连你自己都没自信,凭什么要让人家对你有信心?更别说把你的剧本拍出来了。你要做的就是,把剧本给那些代理人或者什么制作公司的头头,然后调动你各方面的才能说服他们,让他们觉得用在你身上的时间不是白花的。

一位从业四十年的金牌代理、制片人兼职业编剧彼得·杜奇(Peter Duchow)说,只有了解你的对手,才能击中他们的要害。保罗·斯莫尔通过研究"美国编剧指南"(WGA)目录和"好莱坞最有创造力导演"(HCD)名录,为编剧们提供了一个"最符合商业需求"的题材范围。Shadow Catcher 影视公司的罗杰·贝尔沃夫(Roger Baerwolf)指出,电影界的人员流动性很强,要想和一个公司取得长期合作,编剧就要充分了解该公司的口味、偏好和近期的发展趋势。

显然,对于一名职业编剧而言,光知道怎么写剧本还不够,还要了解一些拍摄方面的知识。作为老师,我反复向我的学生们强调这一点。必须尽可能为自己创造机会,站到摄影机——什么摄影机都行——背后去,看看文字是如何转换成影像的。这很好理解,要当医生就得学医学,同理,要当好编剧,就得学电影。

接受过正规编剧训练并不意味着一定能当上好编剧。但是正像保罗·斯莫尔所说,一张漂亮的专业文凭将为你的履历表增光添彩。无论如何,经过学院式正规编剧训练的人总比没学过的人要专业一些。

12.2 写作的激情

制定一个写作计划。把手头的剧本作为你的起点,看看能不能把它们发展成一个成熟的本子。你有没有为一个或许一辈子也卖不出去的剧本苦干数月的经历?我就有过。从现在起,试着改变一下这种状况。把自己当作是每个字都能卖钱的职业写手,重新审视一遍以前写的东西,看看那里面有没有藏着能卖个好价钱的金子。我想,一个人老在"写着玩,没钱赚"的处境里待着总不会好受。然而这就是残酷的现实,毕竟剧本多、投资少,而最后能拍成电影的更是少之又少。

事实上,在很多情况下,一个剧本在市场上的标价,可能远小于它实际的价值。你的杰作很可能获得很高的声誉,却无法给你带来一座金矿。现实就是如此残酷。罗杰·贝尔沃夫说:"有时候我眼睁睁看着我喜欢的剧本硬生生给放烂了,真令人痛心。但生意就是生意,你必须接受现实。"换句话说,要想挣到钱,你手上必须有更多的剧本。

保罗·斯莫尔建议,编剧们手上至少得有三四个成熟的本子,他说:"去见代理人时,你手头上的货一定得品种齐全。因为你作为编剧,只是他手上的一个品种。要是你这个品种卖不出去,他完全可以换别的。如果你自己玩不出别的花样,那就惨了。"所以,还是未雨绸缪,早做准备为好。

"编剧的天职就是写剧本",斯莫尔总结说,"无论卖不卖得出去,他们总得接着往下写。不写就更没希望"。贝尔沃夫也说过:"老天,千万别掉在钱眼里钻不出来。你既然选择做编剧,就要在这条路上一走到底。写剧本就是你的天职,钱的事以后再想。"杜奇将这种激情和使命感比喻成"一团胸中的火":作为一名编剧,要对自己的事业不离不弃,锲而不舍,坚持到底。

12.3 恰当的表述

这本书第一章的要旨就是,必须使自己的剧本规范化——使用正确的标点符号,字迹清晰,避免写错别字等等,所有的细节都要注意。规范化非常重要,是每个电影从业人员对剧本的第一要求。而遗憾的是,据我所知,在他们收到的剧本中,有百分之九十是不够规范的。因此我很痛心地想到,竟然有那么多的编剧因为自己不良的写作习惯而在这些细节上栽了跟头。必须通过学习和训练,来改掉坏毛病,犯低级错误是不能被原谅的。

还有一点也很重要,必须学会如何简短又精彩地概括出你的剧本大纲。只有这样,你才能在电话沟通里从容不迫,对答如流,并获得进一步面谈的机会。记得有一次,我参加一个编剧奖的竞赛,一个资深的制片人打电话给我说:"概括一下你的剧本。如果能令我感兴趣,我再细看。"老天,简直杀我个措手不及,我以前哪里想到过这等事儿。于是我在电话里支支吾吾了半天，都没有说清楚，最后不得不抓住根救命稻草——我说，我全权委托给我的代理人了，他回答说他会打电话给我的代理人。但很明显，这只不过是说说而已的客套话，他决不会打这个电话的。我肯定他会这么想：如果那小子连概括自己的剧本都搞不定，又怎能应付得了一整个项目呢。

坦白说，我对电话概括有心理障碍。可是我别无选择，成败就取决于这电话里的一分钟，硬着头皮也得上。因此最好的办法就是，做好案头工作：将自己的剧本烂熟于心，列出故事的主线和大纲，概括出剧本中最主要和最精彩的场景，然后私下排练几次。这样，我最终克服了恐惧。

拍电影可不是件轻松的活儿，代理人和制片人面对的是堆积如山的剧本和没完没了的投资洽谈会。为了在这一行里生存下去，并树立良好的声誉，他们必须找到最好的题材和编剧。因此，作为一名编剧，你的职业精神、编剧技巧和专业素养，是你叩开好莱坞大门的唯一金钥匙。

记住：要有一颗职业编剧的脑袋！

剧本范例

《照单全收》(BRINGING IN THE SHEAVES)
原创剧本
编剧：艾拉·古德(Ira Goode)

编剧：艾拉·古德
13270 Madcap Boulevard
Sunnyville, or 97372
Tel：(502)555—4532
Fax：(502)555—2345
Email：screenwriter@dash.com

《照单全收》

淡入：

外　街道——夜

摩纳哥,蒙特卡洛,夜色温柔。

修女和**神甫**身穿传统服装,两人刚从大赌场出来,修女拎着一个包。他们一边低声细语地交谈着,一边慢慢走进一条小巷里。一辆流线型的白色法拉利停在小巷深处,神甫替修女拉开车后门。

内　车里—夜

修女坐在汽车后座上,包放在她的脚边。

神甫打开前门,坐在驾驶座上,他看了修女一眼,发动了引擎。然后他环抱着修女,系紧了她胸部的安全带,这动作有几分前戏的意味。修女一把搂住他,贴上去要吻他。神甫笑了起来。

      神甫
 亲爱的,别着急!
      修女
 我可等不及了,赢钱总是让我兴奋。
      神甫
 赌场的人可不是傻瓜,也许有人看见我们……
 拥抱一下?
      修女
 嗯……

修女放开了他,神甫开动了车子。

      神甫
 我们这就回旅馆,你可以继续想这些美事。

外　高速公路—夜

一条蜿蜒的公路,下面是翻滚的海浪。车前灯刺破黑夜,一辆法拉利跑车疾驰而过,轮胎摩擦地面发出刺耳的**噪**音。

内　车里—夜

修女系着安全带,神甫没系。修女身子后仰,紧贴椅背。神甫像赛车手那样躬身紧握方向盘。

修女

真不敢相信,我们竟然甩掉他们了。

神甫

是啊,想都不敢想。

修女

我们的下一个目标在哪儿?

神甫

(点头)

在津巴布韦。

修女

你刚才在饭桌上瞎编滥造的那一套,他们竟然都相信了。

神甫

是啊,还被我们对小孤儿们的爱心感动得不行。

两人大笑。突然,他们发现有人盯梢。神甫从车的隔箱里取出一把点 38 口径自动枪。

修女睁大了眼睛。

修女

你要干什么?

神甫

扫除障碍。

外　公路—夜

子弹落在**轰鸣**的轮胎上。车向公路边缘奔去,来不及刹车,一头冲下公路,掉进海浪里。

参考书目

大卫·鲍尔(David Ball):《向前,向后:剧本阅读指南》(*Backwards and Forwards:A Technical Manual for Reading Plays*),Carbondale and Edwardsville: Southern Illinois University Press,1983.

弗朗西斯·霍奇(Francis Hodge):《戏剧导演:分析、交流和风格》(*Play Directing: Analysis*,*Communication and Style*),Englewood Cliffs,NJ: Prentice-Hall,1988.

大卫·马梅(David Mamet):《导演功课》(*On Directing Film*),New York: Penguin Books,1991.

索尼亚·莫尔(Sonia Moore):《斯坦尼斯拉夫斯基体系》(*The Stanislavski System*),New York:Penguin Books,1984.

延伸阅读

拉琼斯·埃格里（Lajos Egri）:《剧本写作的艺术》(*The Art of Dramatic Writing*)。其中论述电影与戏剧写作的章节,是每个编剧从业者必读的经典书目。

琳达·辛格（Linda Seger）:《一部伟大剧本的诞生》(*Making a Good Script Great*),Hollywood:Samuel French,1994.一本关于剧本修改、建构和人物塑造的优秀著作,适合于有一定从业经验的编剧阅读。

琳达·辛格:《如何塑造不朽的人物性格》(*Creating Unforgettable Characters*)。一本关于如何塑造丰满人物形象的经典著作。

琳达·辛格:《改编的艺术:从时事、小说到电影》(*The Art of Adaptation: Turning Fact and Fiction into Film*)。论述了如何将真人真事和小说改编成剧本。

大卫·特罗蒂尔(David Trottier):《编剧圣经》(*The Screenwriter's Bible*)。最实用、最通行的编剧指南,正规代理机构和制片厂几乎人手一册的宝典。查询详情与最新信息可发送邮件至 dave@clearstream.com。

里奇·怀特塞德(Rich Whiteside):《编剧的一生:梦想、事业和现实》(*The Screenwriter's Life:The Dream,the Job and the Reality*)。提供就业信息、技术指导、代理制片机构信息、学校信息及学习软件。

参考网站

The Academy of Motion Picture Arts and Sciences

http://www.oscars.org

电影及电影史咨询的权威网站。提供自1929年起每届奥斯卡最佳影片奖目录和观影指南,以及最高编剧奖"尼科尔奖金"的评选细则。

Drew's Script-o-rama

http://www.script-o-rama.com

提供已拍成电影的优秀剧本。

Internet Movie Data Base

http://www.imdb.com

大量电影资讯及背景资料。

Movie Bytes

http://www.moviebytes.com

提供所有编剧竞赛及奖金的资讯及操作细则。

Word Play

http://www.wordplayer.com

《加勒比海盗》和《佐罗的面具》的编剧之一特里·罗西奥的个人主页。罗西奥关于剧本写作技巧、商业运作的精彩文章,对于编剧们来说,是一笔不容错过的宝藏。

Writers Guild of America

http://www.wga.org

电影编剧们的基地,有WGA的标准合同样本和注册代理机构名录。

Zoetrope Virtual Studio

http://www.zoetrope.com

弗朗西斯·福特·科波拉献给编剧们的一份厚礼。可以了解到编剧技术发展史上的每一次进步。可获得咨询与递交原创剧本的机会,并可获得更多链接。(在递交剧本之前,请先至少阅读网页已上传的上千个剧本,以便了解其操作程序。)

中英文片名对照表

A

A Beautiful Mind《美丽心灵》
Ace Ventura《神探飞机头》
Aliens《异形Ⅱ》
Amistad《断锁怒潮》
As Good as It Gets《尽善尽美》

B

Babe《小猪宝贝》
Batman《蝙蝠侠》
Beauty and the Beast《美女与野兽》
Best in Show《爱犬大赛》
Butch Cassidy and the Sundance Kid《虎豹小霸王》

C

Cast Away《荒岛余生》
Cinderella《仙履奇缘》
Citizen Kane《公民凯恩》
City of Angels《天使之城》
Contact《接触未来》

D

Dances with Wolves《与狼共舞》
Dead Man Walking《死囚168小时》
Dirty Dancing《辣身舞》
Donovan's Reef《珊岛乐园》

Double Jeopardy《双重阴谋》
Dr.Jekyll and Mr.Hyde《化身博士》

E

Entrapment《将计就计》
E.T.《外星人E.T.》
Ever After《情话童真》
8mm《八毫米》

F

Fargo《冰血暴》
Fiddler on the Roof《屋顶上的小提琴手》
Flashdance《闪电舞》
Fly Away Home《返家十万里》
Forrest Gump《阿甘正传》
French Kiss《情定巴黎》

G

Gangs of New York《纽约黑帮》
Ceneral Hospital《综合医院》
Ghost《人鬼情未了》
G.I.Jane《伴我雄心》
Grosse Pointe Blank《这个杀手将有难》

H

Hamlet《哈姆雷特》
Hedda Gabler《海达·高布乐》

J

Jaws《大白鲨》

L

Laura《罗拉秘史》
Life Is Beautiful《美丽人生》

M

Magnum P.I.《私家侦探玛格侬》
M.A.S.H.《陆军野战医院》
My Best Friend's Wedding《我最好朋友的婚礼》
My Fair Lady《窈窕淑女》

N

Notting Hill《诺丁山》
Not without My Daughter《母女情深》

O

O Brother, Where Art Thou?《逃狱三王》

P

Patch Adams《妙手情真》
Payback《危险人物》
Presumed Innocent《推定无罪》
Psycho《精神病患者》
Pulp Fiction《低俗小说》

R

Raiders of the Lost Ark《夺宝奇兵》
Romeo and Juliet《罗密欧和朱丽叶》

S

Saving Private Ryan《拯救大兵瑞恩》
Scent of a Woman《女人香》
Shakespeare in Love《恋爱中的莎士比亚》
Sleepless in Seattle《西雅图不眠夜》
Sling Blade《弹簧刀》
Snow Falling on Cedars《爱在冰雪纷飞时》
Space Jam《宇宙大灌篮》
Squeezing Montana《挤压蒙大拿》

T

The Diary of Anne Frank《安妮日记》
The Edge《边缘》
The Emperor's Club《天之骄子》
The Godfather《教父》
The Grass Harp《草竖琴》
The Hours《时时刻刻》
The Jungle Book《森林王子》
The Lord of the Rings《指环王》
The Perfect Storm《完美风暴》
The Piano Player《钢琴教师》
The Quiet Man《蓬门今始为君开》
The Sixth Sense《第六感》

The Straight Story《史崔特先生的故事》

The Thomas Crown Affair《偷天游戏》

The West Wing《白宫风云》

Thelma and Louise《末路狂花》

Titanic《泰坦尼克号》

Toy Story《玩具总动员》

True Lies《真实的谎言》

What Dreams May Come《美梦成真》

When Harry Met Sally《当哈里遇见莎莉》

While You Were Sleeping《二见钟情》

出版后记

《编剧：步步为营》是一本在国内颇受欢迎的编剧入门类译著。它曾于2006年由江苏教育出版社出版，目前那个版本已经一书难求了。后来，不断有热心读者联系"电影学院"编辑部询问我们能否再版此书。江苏教育出版社"电影馆"丛书已经停办，同时本书的版权所有者培生教育集团也希望"电影学院"能够担任重新出版此书的任务，因此我们将它纳入"电影学院"系列丛书中来，满足读者的需求。

本次重新出版此书，并非原封不动地重新印刷，而是在原版和重订本的基础上进行了修订工作，故称为"最新重订本"。具体来说，我们所作的修订主要集中在以下几个方面：增加了书中提到的英文人名、书名、影片名称的原文标注，以便读者更好地理解作者的原意，也可以使读者在进一步的学习过程中有线索可寻；统一书中的专业名词，并标注它们的英文原词，以便读者更好地理解和学习相关内容；此外，我们对书中存在的一些疏漏进行了修正，对文字、版面进行了重新编排，使它便于阅读，也更为美观。对于编辑来说，这些工作当然是份内的事情，只怕编辑工作百密一疏，难免仍有不妥之处，希望各位读者批评指正。

此书是"电影学院"丛书第二本编剧类译著，虽然它与之前出版的《21天搞定电影剧本》同属编剧入门类读物，但二者各有侧重。《21天搞定电影剧本》帮助你用行动力写出心中的好故事，而《编剧：步步为营》则偏重于如何完善剧本的每一部分，写出符合电影工业规范的专业剧本，从这个角度来说，这本书是讲如何让你的剧本达到拍摄标准。它所体现的专业性，正是目前国内电影剧本所缺乏的。

服务热线：133-6631-2326　188-1142-1266
服务信箱：reader@hinabook.com

"电影学院"编辑部
拍电影网（www.pmovie.com）
后浪出版公司
2015年10月

图书在版编目（CIP）数据

编剧：步步为营 /（美）汉森著；郝哲，柳青译
. -- 北京：北京联合出版公司，2015.7（2020.11重印）

ISBN 978-7-5502-3784-1

Ⅰ.①编… Ⅱ.①汉… ②郝… ③柳… Ⅲ.①电影编剧—教材 Ⅳ.①I053.5

中国版本图书馆CIP数据核字(2015)第138498号

Authorized translation from the English language edition, entitled SCREENWRITING: STEP BY STEP, 1st Edition by HENSON, WENDY J, published by Pearson Education, Inc., Copyright © 2005 Pearson Education, Inc. All rights reserved. No part of this book may be reproduced or transmitted in any form or by any means, electronic or mechanical, including photocopying, recording or by any information storage retrieval system, without permission from Pearson Education, Inc.

CHINESE SIMPLIFIED language edition published by POST WAVE PUBLISHING CONSULTING (BEIJING) CO., LTD Copyright © 2020.

本书封面贴有Pearson Education（培生教育出版集团）激光防伪标签。无标签者不得销售。

编剧：步步为营（最新重订本）

著　　者：（美）温迪·简·汉森
译　　者：郝　哲　柳　青
出 品 人：赵红仕
选题策划：后浪出版公司
出版统筹：吴兴元
特约编辑：王家祥　陈草心
责任编辑：刘　凯
营销推广：ONEBOOK
装帧制造：墨白空间

北京联合出版公司出版
（北京市西城区德外大街83号楼9层　100088）
捷鹰印刷（天津）有限公司　新华书店经销
字数169千字　690毫米×960毫米　1/16　11印张　插页6
2016年2月第1版　2020年11月第7次印刷
ISBN 978-7-5502-3784-1
定价：28.00元

后浪出版咨询（北京）有限责任公司常年法律顾问：北京大成律师事务所　周天晖　copyright@hinabook.com
未经许可，不得以任何方式复制或抄袭本书部分或全部内容
版权所有，侵权必究

本书若有质量问题，请与本公司图书销售中心联系调换。电话：010-64010019

北京电影学院剧作课程指定教材，
好莱坞编剧教学大师悉德·菲尔德全球热门剧作丛书，
全新中文版三连发！

悉德·菲尔德（Syd Field）是享誉全球的著名编剧、制片人、教师、演讲人，是诸多畅销书的作者。他的《电影剧本写作基础》自1982年首版以来已被译成24种语言，并被全球超过四百所大学选作教材。三十几年来，他一直是好莱坞电影公司——罗兰·约菲（Roland Jaffe）的电影公司、二十世纪福克斯、迪斯尼影视、环球影业、哥伦比亚三星影业的剧本审稿人和编剧顾问。他是首位进入美国电影编剧协会编剧名人堂的成员。

《电影编剧创作指南》
（最新修订版）

著者：（美）悉德·菲尔德（Syd Field）
译者：魏枫
ISBN：978-7-5502-8059-5
2016年9月第1版　　定价：42.00元

内容简介：

★ "世界上最受欢迎的电影编剧老师"（《好莱坞报道》）悉德·菲尔德，畅销二十五年的经典编剧教程全面升级版。

★ 从主题、结构、人物、情节点设置，到审读、修改、创作思路指引，本书全面涵盖编剧行业专业技巧。

★ 每章后附有知识总结与相关练习，便于随时学习随时巩固。

★ 步骤清晰，讲解细化到剧本各部分字数和页数的分布，一步步带领你完成一部专业电影剧本。

★ 最基础实用的编剧工具书，不仅适用于初学者，对专业编剧亦能提供有效指导。

★ 作者以其在业内三十余年的工作实践提供给新编剧大量业内信息，包括剧本的提交流程，审读人的审读习惯以及其惯用的剧本评分标准。

在美国电影剧本的研究方面，悉德·菲尔德是最杰出的分析大师。

——詹姆斯·L·布鲁克斯，《尽善尽美》编剧、导演，奥斯卡最佳编剧奖获得者

悉德·菲尔德的书是可以作为工具随时使用的。因为，编剧本身就是自我设计难题，布设险情雷区，而又要自我解决出路的人。主人公的障碍越难逾越，故事越引人入胜。然而，编剧们常常容易作茧自缚，陷入沼泽障碍中找不到出路，被剧本的病症和苦恼纠缠得寝卧不安。悉德·菲尔德如同临床医生，开出多种药方，只要对症下药都有解决的办法。

——王兴东，中国电影文学学会会长

《电影剧本写作基础》
（最新修订版）

著者：（美）悉德·菲尔德（Syd Field）
译者：钟大丰　鲍玉珩
ISBN：978-7-5502-8475-3
2016年11月第1版　　定价：42.00 元

内容简介

　　本书是美国著名编剧和制作人悉德·菲尔德的畅销剧本写作指南，内容涵盖了最基础的剧作问题，如电影剧本是什么，如何建构主题，如何塑造和构成人物、设置结尾和开端、段落、情节点以及如何写电影剧本、选择剧本的形式、进行改编等等，兼具较高的可读性和实用性。

悉德·菲尔德是初学者们的导师，《电影剧本写作基础》是他们最好的编剧圣经！
　　　　　　　　　　　　　　——《洛杉矶先驱观察家报》

唯一一本值得你认真对待的编剧工具书。
　　　　　　——托尼·比尔，奥斯卡获奖制片人、导演

这本书提供的基本技巧能够让新手们得以将自己的初步构思转化为令人信服的剧本。
　　　　　　　　　　　　　　——《美国电影摄影师》杂志

对编剧来说这本书提供了极好的建议。我总是告诉年轻编剧立刻去读这本书，无论你拥抱它还是反对它，都肯定能帮助你把思路调整到正确的道路上。
　　　　——大卫·凯普，奥斯卡获奖编剧，《蜘蛛侠》《侏罗纪公园》编剧

《电影剧作问题攻略》
（修订版）

著者：（美）悉德·菲尔德（Syd Field）
译者：钟大丰　鲍玉珩
ISBN：978-7-5502-8546-0
2016年12月第1版　　　定价：39.80元

内容简介
电影剧作难题经典破解手册
不可错过的剧本诊断书
认识、鉴别和确定电影剧本写作难题的宝鉴

所有的写作都是翻来覆去的写，但是你写什么，如何改写呢，这些都是剧本写作的问题。《纽约大劫案》和《断箭》剧本的问题没能调整，给电影留下了缺憾，剧本的问题也几乎使《野战排》束之高阁，直到奥利弗·斯通重写了前10页，最后创造了一部经典影片。优秀的剧作者总是把问题看作是激发创造力的跳板，本书作者悉德·菲尔德每年要通读一千多个电影剧本，告诉你如何一步一步辨识并解决剧本写作中的问题，提供了专业的写作秘密，帮助你成就一部精彩电影作品，同时促进你电影剧本迈向成功，你将发现：

根据特别的剧本结构图示发现并确定问题
结合分析众多有名的影片剧本个例
分别从人物、情节、结构来解决问题

悉德书中揭示的剧本写作知识对我的影响就像水对巧克力的溶解作用，并促使我创作了《浓情巧克力》。以前困惑的问题现在茅塞顿开，过去阻滞的地方如今游刃有余。

——劳拉·埃斯基韦尔

如果我在写剧本……我会把悉德·菲尔德随身携带，随时参考。

——史蒂文·布奇柯

"电影学院"部分图书备有教师手册、习题和章节提要等教学资料，欢迎采用丛书作为教材的教师来电来函咨询。

诚挚欢迎读者为我们提供有价值的选题，同时也期待着具有翻译才华的读者加入我们，与我们一起努力充实"电影学院"系列丛书，为中国读者提供更多更好的精神营养。

服务信箱：reader@hinabook.com　　服务热线：133-6631-2326 188-1142-1266
网上证购：www.hinabook.com（后浪官网）　　拍电影网：www.pmovie.com